Homo homini lupus

Erik Denker

AF237002

Impressum:

© 2018 Erik Denker
Fotos: Erik Denker
Coverdesign und Buchlayout: BookDesigns, Potsdam
Herstellung und Verlag: BoD- Books on Demand, Norderstedt

ISBN: 9783752833980

**Bibliografische Information
der Deutschen Nationalbibliothek:**
Die Deutsche Nationalbibliothek verzeichnet diese Publikation
in der Deutschen Nationalbibliografie; detaillierte bibliografische
Daten sind im Internet über http://dnb.dnb.de abrufbar.

Erik Denker

Homo homini lupus

Kriminalroman

Inhalt

Gewidmet meinem Enkel Anton

Lieber Anton,

für Deinen Cousin Ernest habe ich die Familien-Chronik „Quasi Modo Geniti" geschrieben und gewidmet. Ich habe mir nun überlegt, was ich Dir eimal widmen kann, um es Dir zu schenken. Es ist ein Kriminalroman und in manchen Teilen etwas mehr.

Eine Besonderheit ist, dass ich die persönliche "ich-Form" in diesem Buch verwendet habe. Dies habe ich gemacht, um Dir einen deutlichen Bezug zu Deinem Großvater zu geben. Tatsächlich bin ich mehrfach auf Sylt und in Böhmen gewesen. Ich war leitend für die Erstellung des Hanseatic Trade Centers an der Spitze der Hafencity verantwortlich. Zudem habe ich den „Camino Frances" in Spanien begangen. Alle diese Örtlichkeiten sind Rahmen dieses Romans.

Die Lebens- und die Tagebuch-Beschreibungen sind faktisch. Alles hat sich tatsächlich zugetragen, nur der Kriminalfall ist eine Fiktion. Dieser Roman hat einen lateinischen Namen: „Homo homini lupus" Das macht ihn interessanter und trifft den Sachverhalt der Kriminalgeschichte. Übersetzt heißt dies „Der Mensch ist des Menschen Wolf".

In Liebe, Dein Großvater

Prolog

Die Geschichte beginnt locker und gelassen mit meiner Arbeitssuche im Hamburger Hafen. Sie endete jedoch dramatisch und zwar beinahe mit meinem Tot. Zweimal wurde auf mich geschossen. Zweimal bin ich nur durch schicksalhafte Fügungen mit dem Leben davon gekommen. Diese Geschichte möchte ich nun von Anfang an erzählen.

Kapitel I

Was ich zunächst berichten möchte …

Ich war damals 55 Jahre alt und auf der Suche nach einem neuen Arbeitsplatz in Hamburg als Projektsteuernder Manager. Es ist das Jahr 1994. Ich gehe von der U-Bahnstation „Baumwall" kommend rechts über die Niederbaum-Brücke und dann über den Kehrwieder-Fleet in den Hafen. Dort am Ende zwischen den Bogenbrücken befand sich ein kleiner, eingeschossiger Backsteinbau. Er diente früher dem Zoll zur Kontrolle des ein und ausfließenden Warenverkehrs.

Der Bau stammte noch aus der Zeit als an dieser Stelle das zollfreie "Freihafen-Gebiet" begann. Heute existiert er nicht mehr, er wurde abgerissen.

Rechts vor mir, einer alten, schönen Villa ähnlich, liegt auf einer kleinen Landzunge das Gebäude der Hafenfeuerwehr. Daran vorbeigehend sah ich nur noch profane Nutzbauten. Sie wurden nach dem 2. Weltkrieg schnell und ohne große Überlegungen errichtet.

Ich weiss gar nicht warum, aber ich hatte gute Laune. Ich freute mich über das schöne Hafenbild mit seinem virulenten Schiffsverkehr. Ich wünschte mir nichts mehr, als an diesem Ort, an dieser Stelle den Rest meines Arbeitsleben zu verbringen.

Ich wende mich nach links und suche auf der rechten Seite das Gebäude mit der Nr. 70 in der Straße „Am Sandtorkai". Wie ich später erfahre, ist es die sog. „Phase I", wie es von dem Investor als Projektname benannt wurde. Heute heißt das Gebäude „Vespucci-Haus". Hier im gerade fertig gestellten Teil des Gebäudes befand sich das Bauherren-Büro der „HTC KG(Hanseatic-Trade-Center KG)" und der Projektsteuerungs-Gesellschaft „Bucknal, Birmingham. Ich hatte eine Empfehlung des renommierten Architekten-Büros Kleffel, Köhnholt, Gundermann.

Ich war trotz meines fortgeschrittenen Alters zuversichtlich und selbstbewusst. Ich entzog mich bewusst der sonst üblichen Kleiderordnung. Ich trug also keinen Anzug mit Krawatte, sondern eine Jeans mit weissem Hemd. Dazu meinen chilenischen Pullover mit naturfarbenen Streifen. Ich habe den Pullover heute noch.

Ich wurde von einer etwas älteren, sehr freundlichen Sekretärin in das Chefbüro der HTC KG geleitet. Die HTC KG war eine von der P&O Property, London gegründete Durchführungs-Gesellschaft. Es waren drei Herren zugegen. Ich bemühte mich bei der Vorstellung um Augenkontakt, aufrechte Haltung und einen festen Händedruck. Patrick Taylor, er sass etwas leger hinter einem antiken Schreibtisch. Er war offensichtlich der bestimmende „Chef vom Ganzen" und Engländer.

Wir anderen saßen an einem künstlerisch gestalteten, lindgrünen Glastisch. Übrigens befindet der sich heute in meinem Eigentum. Mir gegenüber saß der Justitiar der HTC, ein Rechtsanwalt aus Frankfurt, der sinnigerweise Dr. Sorgenfrei hieß.

Der Dritte war ein ehrgeizig wirkender, modisch gekleideter Mann, der sich als Bodo Zander vorstellte. Er war Geschäftsführer der Bucknal GmbH und suchte einen Mitarbeiter für die Bauherren-Betreuung.

Ich berichtete kurz über meine beruflichen Tätigkeiten bei der Errichtung Medizinischen Fakultäten in Göttingen und Aachen. Ich beantwortete die eine oder andere Frage wohl zufriedenstellend. Dann bemerkte ich ein leichtes Kopfnicken des Dr. Sorgenfrei zu Patrick Taylor.

Damit war ich Mitarbeiter der Bucknal GmbH, ohne das deren Geschäftsführer gefragt wurde. Ich hatte den Eindruck niemand interessierte sich für meine Bewerbungsunterlagen. Das monatliche Gehalt war großzügig. Überstunden würden zwar erwartet, aber nicht bezahlt. Bei einem erfolgreichen Geschäftsjahr gäbe es eine Tantieme. Im übrigen werde sich durchgängig geduzt. Dr. Sorgenfrei werde mir meinen Arbeitsvertrag kurzfristig zur Unterschrift zuleiten.

Donnerwetter, das war kurz und knackig. Ich war hoch zufrieden, lagen doch Projekt-Steuerungsaufgaben für mehrere hundert Millionen DM vor mir. Einfach ein Glückstreffer, man bedenke ich war 55 Jahre alt.

Kapitel II

Erstellung des Hanseatic Trade Center

Ich regelte mein noch bestehendes, vorhergehendes Arbeitsverhältnis. Ich begann in Monatsfrist meine neue Arbeit. Mein Arbeitsplatz war zunächst in der hintersten Ecke des erwähnten kleinen Zollhauses zwischen den Bögen der Niederbaum-Brücken. Es störte mich keineswegs. Ich hörte meist schweigend den Gesprächen zu, merkte mir Namen und Zuständigkeiten.

Ich war zu Jedermann freundlich. Mein Geschäftsführer war nervend, redete viel und unnützes Zeug. Er belehrte mich über selbstverständliche Sachverhalte. Er versuchte die Kosten für meine Arbeitsausrüstung niedrig zu halten. Er war ein kleingeistiger Karrieretyp.

Einmal pro Woche gab es eine sog. Projektbesprechung unter Leitung von Patrick. Dr. Sorgenfrei, Bodo Zander und meine Wenigkeit nahmen daran teil. Es ging im Wesentlichen um Fragen der Technischen Projektsteuerung. Die Sitzung war wenig strukturiert und führte kaum zu verwertbaren Ergebnissen.

Ich mußte das Protokoll führen. Dr. Sorgenfrei war genervt. Er fragte mich, ob diese Dienstags-Gespräche nach meiner Meinung noch erforderlich seien? Ich sagte: „Eindeutig, nein". Es war die letzte Sitzung dieses Gesprächskreises. Aber es war ein Affront gegenüber meinem Geschäftsführer wegen des Fortfalls seines wöchentlichen Spitzengespräches.

Er beschimpfte und bedrohte mich, da dies nicht in seinem Sinne war. Er beschwerte sich bei Patrick. Er kündigte von sich aus. Nach drei weiteren Monaten war ich der Geschäftsführer. Nach einem weiteren Jahr übernahm ich mit einem Kollegen aus Frankfurt die Geschäfts-Anteile der Bucknal GmbH, Deutschland. Die Führung dieser eigenständigen Gesellschaft war die Erfüllung meines beruflichen Lebenszieles.

Ich war nun für die Architekten, Ingenieure und den ausführenden Baufirmen der kompetente Ansprechpartner für die Errichtung des Hanseatic Trade Centers. Mein Freund und „Chef über Alles" Patrick Taylor sagte zu mir: Erik, really you can do what you want, but I'm warning you, do only what's actually right". And I did it.

Wir, ich meine das Team, räumten die Grundstücke, errichteten alle 4 Großbauten an der Spitze des Sandtorkais, sanierten den Kaispeicher K und schufen die Außenanlagen, immer im Sinne des Investors, was Kosten-, Termin-und Qualitätssicherung betraf. Das fünfteilige HTC war das Flaggschiff der Hafencity bis es durch den „Kreuzer Elbphilharmonie" abgelöst wurde.

Nach der baulichen Fertigstellung des „Hanseatic Trade Centers" hatte ich ein grundsätzliches Problem. Ich bekam für meine Firma keinen Folgeauftrag. Mir fehlten die dafür erforderlichen Beziehungen.

Ich gründete auf Patrick's Hinweis eine zweite Firma. Es war die Verwaltungs-Gesellschaft „Hafencity Gebäude Management GmbH", kurz HCGM genannt. Die HCGM war für die Verwaltung, die Mietvertrags-Abwicklung und das Management für den Mietflächen-Ausbau des HTC zuständig. Mir oblagen die technischen Abwicklungen, meinem Partner Claus Witt die kaufmännischen Verwaltungsaufgaben.

Die Tätigkeit war nicht so vollpfundig, wie die meiner Aufgaben als Geschäftsführer der Bucknal GmbH. Aber sie war hoch interessant. Sie war bei fast 50 Mietverträgen hoch kommunikativ. Meine Arbeit hatte mit vielen menschlichen Problemen und Eitelkeiten zu tun. Ich war Ansprechpartner für alles. Die Arbeit gab mir viele interne Einblicke. Insbesondere in solche Unternehmungen, die im sich entwickelnden Internet-Zeitalter ihren Platz suchten.

Es machte mir diebische Freude meine umfang-reichen Kompetenzen dafür zu verwenden, für An-dere einen besonderen Nutzen zu generieren ohne das es mich oder der P&O Property auch nur einen Cent kostete.

So „schnitzte" ich für den Senior vom Barkassen-Betrieb Bülow zwei der sonst im Hafen so raren PKW-Stellplätze und zwar für sich und seinen Sohn auf dem „Hoheitsgebiet" des Investors. Die Park-plätze waren wegen fehlender Genehmigungsfähig-keit nicht anders zu verwenden.

Für Martin Dose besorgte ich von „Strom- und Hafenbau" einen Schiffs-Anlegeplatz am Sandtorkai für sein Fahrgastschiff „Großer Michel" und zwar mit dem Hinweis, wir bräuchten das Schiff und den Anleger für die Mittagessen-Versorgung unserer Mieter im HTC. Es liegt heute noch an der selben Stelle.

Dem Trockenbauer Klaus Rose konnte ich durch eine vorzeitige Abschlagszahlung aus einer deftigen Liquiditäts-Klemme helfen. Solche Vorgänge ver-halfen mir zu Freunden fürs Leben.

Ich erinnere mich an die Kollegin Corinna in der Rezeption, die mir weinend berichtete, dass sie schwanger sei. Sie würde so gern im Empfang weiter-arbeiten. Ihre Mama würde an zwei Wochentagen als Markt-Beschickerin arbeiten an denen sie das Kind nicht übernehmen könne.

Ich erlaubte, dass sie ihr Kind an diesen Markttagen mit in die Rezeption nehmen dürfe. Nie wurde eine Entscheidung von mir von der Mieterschaft so positiv aufgenommen. Ich sehe die hübsche Tochter noch ruhig und lachend im Kinderwagen liegen. Später arbeitete sie dann mit Stempel und Stempelkissen neben ihrer Mutter. Das Kind war Liebling des ganzen Hauses.

Ich trauerte aber auch um Anne-Susann Funk, die einfach mit Perfektion die kaufmännische Leistungen der Mietbuchhaltung und des Mahnwesens für das ganze HTC mit über 50 Mieteinheiten so richtig und zügig erledigte, dass für größere Diskussionen kein Raum mehr blieb. Sie verstarb jung an Jahren, an Krebs. Es hat mich damals sehr betroffen. Sie war liebenswerter Mensch. Es war für alle ein großer Verlust.

Ich suchte immer sofort ein gutes Verhältnis zur jeweils neuen Mieterschaft. Ich habe es mir dadurch erworben, dass ich bei Neuanmietungen die Sekretärinnen, abseits der offiziellen Besprechungen, nach ihren Geschmack befragte. Ich setzte dann diese Meinungen, wenn möglich, gegenüber ihren Geschäftsführungen bei den Festlegungen für den Mietflächen-Ausbaus durch. Dies sicherte mir schnelle Informationen bei aufkommenden Problemen. Es machte meine Arbeit angenehm.

Ich erinnere mich an den Ausbau des 14. Obergeschosses des Kopfgebäudes, Am Sandtorkai 77. Die Mietung hat einen ellipsenförmigen Grundriss oberhalb der Normal Geschosse. So ergab sich durch den Aufzugs-Schacht eine nach innen in die Mietung gewölbten Wandfläche von ca. 40m², die als Flurwand diente. Bezogen werden sollte die Mietfläche von dem Milliardärs Ehepaar Harling. Herr und Frau Harling nahmen meistens an den Ausbau-Besprechungen persönlich teil.

Ich hatte mit Herrn Harling einige Gemeinsamkeiten. Wir wurden im gleichen Jahr geboren. Er joggte täglich mit Bodygards im Niendorfer Gehege, ich ohne im Rahlstedter „Sooren". Wir beide waren hanseatisch sparsam.

Seine Frau wünschte sich für die Flurwand-Verkleidung „Dielen aus Mooreiche". Dies hätte einen Schiffs-Charakter. Es würde gut zum Hafenambiente passen. Ich nahm dies beeindruckt zur Kenntnis.

Ich ermittelte die Kosten. Bei der nächsten Besprechung war ich mit Herrn Harling schnell einig, dass 1.000 DM pro m², also 40.000 DM für eine Mooreichen-Verkleidung einfach zu teuer seien. Ich meinte eine hochwertige, künstlerisch gespachtelte Wand mit gedeckten Farben nach toskanischer Art sei ebenso gut und angemessen. Auch Bilder würden wirkungsvoller aufgehängt werden können.

Beim Verlassen der Besprechung hörte ich Frau Harling zu ihrem Mann sagen „Du Heinrich, laß uns man die Mooreichen-Verkleidung nehmen. Ich schenke sie Dir zum Geburtstag". Natürlich erfolgte der Ausbau in Mooreiche.

Einige Stockwerke tiefer im gleichen Gebäude wollte der Geschäftsmann Strothann für die Verwaltung seiner Firma Autohaus-Moskau ca. 500 m² Fläche anmieten. Er betrieb den Autohandel, stellvertretend für den Konzern Mercedes-Benz in Russland. Er bestand auf einer persönlichen Toilette neben seinem ca. 30m² großen Chefbüro.

Es war das letzte Mal, dass ich sagte: „Das geht nicht". Das Problem waren fehlende Entsorgungsschächte für die Fäkalien-Beseitigung. Er entgegnete mir scharf: „Es geht nicht, gibt es nicht!" Des Weiteren fragte er, ob ich den Mietvertrag in Frage stellen wolle?

Ich dachte schnell um, er bekam die persönliche Toilette mit einer waagerechten und mit einer Fäkalien-Pumpe versehenen Abfluss-Leitung zum weiter abgelegenen Schacht. Geld spielte keine Rolle. Wir waren später freundschaftlich verbunden.

Wir tranken oft eine Tasse Kaffee in seiner Edel-Mietung. Im übrigen hatte er Bedenken wegen der russischen Mafia. Die Mietflächen-Aussentüren und die Vorkehrungen für den Postzugang wurden aus Schuß-sicherem Glas gefertigt.

Das Erlebnis mit Herrn Strothann prägte mich nachhaltig. Zu den an mich herangetragen Problemen sagte ich zukünftig zunächst einmal. „Ja, das geht in Ordnung." Ich suchte dann in Ruhe und mit Engagement nach einer Lösung und fand sie in der Regel auch.

Ich denke jeder Dienstleistende ist gut beraten, sich genauso zu verhalten. Geht es einmal daneben, dann lassen sich die Gründe dafür für Jedermann plausibel erklären.

Ein besonderes Verhältnis hatte ich zu Firma „Abatron Corporation" Es war ein sog. „Start-up" und Familienunternehmen. Anfangs waren meine Probleme, die nur schleppend eingehenden Mietzahlungen. Dann aber auch das disziplinlose Verhalten der beiden in der Firma arbeitenden Söhne.

Sie hatten PKW-Stellplätze in der Tiefgarage angemietet. Sie machten sich aber vorsätzlich einen Spass daraus, mit ihren Volvo's die oberflächigen, von anderen angemieteten Parkplätze zu belegen. Sie taten das wiederholt um mich als Chef der Verwaltungsgesellschaft zu provozieren. Dies führte zu wiederholtem Ärger. Ich machte einen Termin mit dem Vater.

Ich erzählte von meinem Problem, er von den seinen, nämlich den schleppenden Geldeingängen seiner Auftraggeber, die der Grund für die verzögerten Mietzahlungen waren. Wir fanden ein Gentleman

Agreement. Danach hatten wir beide keine Probleme mehr. Wir waren etwa gleich alt und uns sympathisch. Wir vereinbarten uns etwa alle 4-Wochen zu einem persönlichen Gespräch. So erfuhr ich viel über die Familie und den geschäftlichen Aktivitäten.

Die Familie Lochnit stammte aus Böhmen in der heutigen Tschechei. Die sog. Sudetendeutschen wurden nach Ende des 2. Weltkrieges durch den damaligen Tschechisch-Slowakischen Staat vertrieben. Sie wurden im wesentlichen in Bayern aufgenommen. Der Vater nannte sich Luke, seine Frau Padme und die Söhne Kenobi und Anakin. Für mich alles sehr eigenartige Namen.

Luke hatte in Karlsruhe Elektrotechnik studiert. Seine Frau Padme dort zur gleichen Zeit Mathematik. Sie war ein Genie ihres Fachs. Zudem war sie eine glühende Verehrerin der „Starwar-Episoden" (Krieg der Sterne) von George Lucas.

Dies ging soweit, dass sie ihre ganze Familie, unabhängig von den geburtsurkundlichen Eintragungen, nach Figuren dieser Geschichten benannte. Ich war davon überzeugt, dass sie ihre Sekretärin nur deshalb eingestellt hatten, weil diese Leia hieß. Ein Name, der auch in „Starwar" eine Rolle spielt. Dies war, wie ich später erfuhr, ein Irrtum. Aber auch sie kam aus Böhmen.

Nach ihrem Studium arbeiteten Luke und Padme bei Microsoft in Köln im sogenannten. Schnittstellen-

Bereich zu IBM. Nach einigen Jahren machten sie sich in Hamburg im Internetbereich selbständig. 1995 bezogen sie die Mietfläche im HTC. Anfangs versuchten sie mit der aufkommenden Java-Technologie Internet-Kaufhäuser zu entwickeln.

Luke erfand in diesem Zusammenhang das Symbol Einkaufswagen als Synonym für den Weg zur Internet-Zahlung. Er filmte zudem im Alsterhaus am Jungfernstieg, um den Anwendern eine möglichst gewohnte Umgebung anzubieten.

Es kam zu Rechts-Streitigkeiten mit den größeren Wettbewerbern. Er konnte seine Rechte nicht gegen die übermächtige Konkurrenz durchsetzen. Er verlor alle von ihm geführten Prozesse. Rettend für die Firma war ein Großauftrag aus der Schweiz von einem Unternehmen für Ferien-Immobilien, dass für einige Jahre die Ausgaben deckte.

Ein Volltreffer seines Hauses war die Java-Entwicklung des „TeatimeCommunity-Systems". Luke erklärte es mir wie folgt: Es wäre im weitesten Sinne eine Partnerschaftsvermittlung. Allerdings stelle diese Entwicklung eine echte Marktlücke dar. Sie wandte sich an die Gesellschaftsschicht der Senioren. Sie vermittelte keine Lebensgemeinschaften, sondern suchte Partnerschaften für die vielfältigen Aktivitäten und Interessen der älteren Menschen.

Als Beispiele wurden Bridge, Schach, Skat, Wandern, Stricken, Golf, Ferienreisen, Tanzen, Malen und noch vieles anderes genannt. Auf Sex habe er verzichtet, so berichtete er mir, nicht aber auf Erotik und Zärtlichkeiten. Sicherlich eine Befindlichkeit gegenüber den älteren Menschen.

Das System war verblüffend einfach und diskret. Die Anmeldung erfolgte per Internet oder auf dem Postweg. Es genügten Angaben wie Namen, Adresse, Geburtsdatum und Geburtsort, Passfoto, Tel. oder Email-Nr. Dazu nannte man durch Ankreuzen aus einer Liste von ca. 20 Aktivitäten seine Interessen. Die Mitgliedschaft für das erste Jahr war kostenfrei.

Da die Klientel häufig das Internet nicht beherrschte, erfolgten zusätzlich Anzeigen in den örtlichen Zeitungen und Wochenblättern. Sie erklärten den Sinn der „Teatime Community". Auf Anforderung erhielt man ein Anmeldeformular.

Mit der Aufnahme in der Teatime-Community wurde einem eine Liste der geeigneten Partner, allerdings mit verschlüsselten, persönlichen Daten zugesandt. Erst nach Auswahl des Einladenden für einen „Teatime-Partner" wurden die für das Treffen jeweils notwendigen, persönlichen Angaben ausgetauscht. Den Ablauf des Treffens bestimmte der Einladende.

Das Unternehmen verfügte schon 3 Jahre nach Einführung über eine "Teatime-Community" von ca. 40.000 Menschen in Deutschland und zwar mit steigender Tendenz. Eine Ausweitung ins europäische Ausland wurde überlegt. Ich war sehr beeindruckt.

Die Nutzungs-Gebühren erlaubten es nicht nur Personalkosten, Steuern und die Mietzahlungen rechtzeitig zu zahlen, sondern erlaubten es Luke auch ein Ferienhaus in der Nähe von Wenningstedt auf Sylt zu erwerben. Was bekanntlich ja nicht billig ist. Es grenzte unmittelbar an die Watt-seitige Braderuper Heide.

Erwähnenswert ist die Dramatik der Familien-Geschichte. Sie stand der Dramatik der „Starwar Episoden" keineswegs nach. Zunächst starb Luke's Frau Padme plötzlich 59-jährig an einen Magendurchbruch, das heißt durch einen sog. Eynarismus, wie mich es mir die Sekretärin Leia diskret wissen ließ. Padme war für die Programmierungen die Seele der Firma. Für ihren Mann war es ein Schlag, den er über Jahre nicht verkraftete. Sie war für ihn der Mittelpunkt seines Lebens.

Er übertrug bald nach ihrem Tot die Geschäftsführung seinen Söhnen. Kenobi übernahm die kaufmännisch Führung. Anakin die Aufgaben seiner Mutter. Leia wurde die Kommunikations-Pflege mit der „Teatime Community" zusätzlich zu ihren Aufgaben als Sekretärin übertragen.

Sie bewältigte dies mit Fleiss, Ehrgeiz und äußerst akkurat. Sie war der Zuchtmeister der Belegschaft. Mir gegenüber war sie ausgesprochen freundlich. Ich weis nicht warum, vielleicht war es mein freundschaftliches Verhältnis zu Luke.

Mein Verhältnis zu den Söhnen war nun von gegenseitigen Respekt getragen. Für irgendwelche Spielereien war nun kein Raum mehr. Es ging um de Bestand der Firma. Sie nahmen ihre neue Verantwortung in einer Weise wahr, die ich nicht erwartet hatte.

Allerdings waren von Anfang an gewisse Spannungen nicht zu übersehen. Ich meine Eifersüchteleien zwischen dem eher gutmütigen Kenobi und dem Technokraten Anakin. Jeder der beiden wollte verhindern, dass der andere in der Firma die erste „Geige" spielt.

Leia intrigierte mit den Waffen einer Frau und mit ihrem sechsten Sinn. Sie liierte sich mit dem vermeintlich stärkeren, nämlich Anakin. Sie versprachen sich die Ehe. Zu einem Bruch und Haß-ähnlichen Verhältnis kam es, als auch Kenobi sich in Leia verliebte und sie auch ein Verhältnis mit ihm einging. Dramatisch wurde es, als Anakin die beiden in Leia's Wohnung gemeinsam im Bett vorfand. Leia hatte, wie man beim Skat-Spiel sagt, überreizt.

Anakin war erbittert wie nie zuvor in seinem Leben. Enttäuscht vom Bruder und von Leia verließ er Hamburg. Er packte seine Sachen, unterrichtete seinen Vater durch einen Brief und fuhr in das Refugium in Wenningstedt auf Sylt. Unheimlich war, dass er auch nach Wochen, nicht wieder in der Firma oder anderswo auftauchte. Auch in Wenningstedt war er nicht zu finden. Der Schlüssel hing nach wie vor, an dem verabredeten Versteck.

Was ich nicht wußte und erst Jahre später durch die polizeilichen Protokolle der Verhöre rekonstruierte, war dies:

Anakin verließ am frühen, etwas nebligen Morgen in Wenningstedt-Braderup das mit Red-gedeckte Doppel-Haus. Er hängte den Haustürschlüssel gewohnheitsgemäß, etwa 5 m von der Haustür entfernt, zwischen dem Garagenpfosten und der Hauswand. Er wurde mit Hilfe eines Fernglases beobachtet. Er ging, beide Hände in den Taschen seiner Gaastra-Jacke, grübelnd in das Naturschutzgebiet.

Dies Gebiet ist durch eine wunderschöne, natürliche Dünen- und Heide-Landschaft geprägt. Zum Schutz vor Naturzerstörungen dürfen Einwohner und Touristen das Gebiet nur über ein aufwendiges Holzsteg-System begehen. Sein Weg war dadurch im wesentlichen vorher bestimmbar.

Nach etwa 10 min kam ihm ein groß gewachsener Mann, erkennbar an einer Barbour-Wachsjacke, aus dem Nebel tretend entgegen. Auf etwa 5 m Entfernung, Anakin wollte gerade grüssen, als dieser plötzlich eine mit einem Schalldämpfer versehenen Pistole zog und Anakin gekonnt zwischen die Augen schoss. Der Körper fiel unmittelbar vom Steg in das Dünen-Gestrüpp. Der Barbour-Mann drehte in aller Ruhe den Schalldämpfer von der Pistole und steckte beides in die Innentaschen der Jacke und verschloss diese sorgfältig. Er vergewisserte sich, ob er noch allein war. Dann sprang er vom Steg. Er verschloss die Ein-und Ausschuss-Stelle der Leiche mit Hand-breiten Klebestreifen. Er schleifte die Leiche etwa 10m weit in eine offene Dünen-Sandstelle, wo ihm der umliegende Bewuchs Sichtschutz gab. Er legte, wieder einige Meter weiter seine Jacke und seinen Rucksack ab. Er entnahm ihm einen Klappspaten und einen Plastik-Leichensack, wie er von der Kriminalpolizei oder auch vom Katastrophenschutz verwendet wird. Er ging wieder zur Leiche. Er bugsierte diese etwas umständlich in den Sack. Er verschloss diesen dann mit dem Reißverschluss.

Er grub eine gut 40 cm tiefe Aushebung in den Sand und zog die Leiche dort hinein. Dann überdeckte er alles, verwischte die Spuren sorgfältig. Er bepinkelte das Ganze ausgiebig, um etwa verbliebene Geruchsspuren des Ermordeten zu neutralisieren.

Nachdem er seine Sachen im Rucksack verstaut hatte, zog er seinen Mantel wieder an. Er bestieg den Holzsteg an anderer Stelle und verließ das Dünen-Gebiet. Er ging die Braderuper Hauptstrasse in Richtung Ortsmitte Wenningstedt, trank dort einen Cappuccino im Restaurant Icemeer. Danach nahm den nächsten Inselbus in Richtung Westerland.

Kenobi, aber auch Leia, waren völlig verwirrt und hatten ein schlechten Gewissen. Aber sie wollten nicht voneinander lassen. Der Vater wurde depressiv, übernahm notgedrungen wieder die Geschäftsführung und verteilte die Arbeit unter den Angestellten.

Gleichzeitig verpflichtete er Kenobi und Leia zu einen längeren Aufenthalt in die Vereinigten Staaten, um auf diese Weise für alle Abstand zu gewinnen. Die durch Luke bei der Polizei wegen Anakin veranlaßte Vermissten-Anzeige blieb ohne Erfolg. Dies war für Jahre das Letzte, was ich von der Firma erfuhr.

Kapitel III

Die Stunde null der Elbphilharmonie

✦

Patrik von der HTC KG hatte einen Sohn mit Namen Tylney, der mit seiner Familie in Sydney lebte, die er in der Regel einmal im Jahr besuchte. Die dortige Oper beeindruckt jeden der sie einmal in Natura gesehen hat, so auch Patrik. Seine Besuche in Sydney hatten erstaunliche Folgen für die Kulturszene der Stadt Hamburg.

Once, it was the year 2000, Patrik and I took together a glas of wine. Patrik Taylor asked me, if I know an object in Hamburg what is worth to be printed on a stamp. I hesitantly answered: „Perhaps the church St. Mikel or the Television Tower". Shit, he said, such buildings you will find in a lot of cities all over the world. No, it is an Opera on the „Storage A".

Dieser Gedanke war die tatsächliche Geburtsstunde der Jahre später errichteten „Elbphilharmonie".

Es war mein Kollege Alexander Gerard von der HTC KG, der diesen Gedanken einer Oper aufnahm und ihn in eine Philharmonie wandelte. Der Grund war, dass Hamburg schon eine namhafte Oper hatte. Er fuhr nach Basel, überzeugte die weltweit bekannten Architekten Herzog & de Meuron, dieses Kulturobjekt zu planen. Er veranlasste den Vorentwurf für eine Elbphilharmonie örtlich oben auf dem KaispeicherA, so wie Patrick es vorgeschlagen hat.

Mit einem sog. Massenmodel und daraus entwickelten drei-dimensionalen Zeichnungen, Fotografien, sowie ersten Kostenvorstellungen warb Alex in fast 3 Duzend Einzelgesprächen bei Zeitungen, Parteien und Rundfunk für das Projekt. Zuletzt überzeugte er den Hamburger Bürgermeister Ole von Beust. Die Erstellung der Elbphilharmonie wurde beschlossen. Alex verkaufte seine Rechte an die Stadt Hamburg. Das Projekt nahm seinen Lauf.

Die Kosten vervielfachten sich gegenüber den ersten Kalkulationen. Dies erscheint mir fast zwanghaft bei solitären Kulturbauten in aller Welt. Wenn man diese Zeilen liesst, wird dies vergessen sein. Hamburg hat dann ein Konzerthaus von Weltgeltung. Übrigens kann ich behaupten, dass die Kosten für den Vorentwurf der Architekten Herzog & de Meuron in Höhe von 60.000 € durch meine HCGM bezahlt wurden.

Dazu folgendes: Wir, die HCGM, veranstalteten in den nicht vermieteten und besonders attraktiven Flächen unserer noch nicht vollständig ausgebauten Gebäude Veranstaltungen und Events. Das Entgelt dafür wurde von meiner HCGM für Patrik Taylor in Treuhand verwaltet. Von diesen Einnahmen bezahlte Patrik den Architekten ihr Vorentwurfs-Honorar.

Die Elbphilharmonie wurde im Januar 2017 in Anwesenheit des Bundespräsidenten Joachim Gaug, der Bundeskanzlerin Angela Merkel, des Bürgermeisters Olaf Scholz mit er Neunten Symphonie von Beethoven eingeweiht. Danach erfolgte auch der ehrenvolle Abdruck des Bauwerks auf einer 1,45 Euro-Briefmarke.

Heute hat Hamburg eines der besten Konzerthäuser der Welt. Der 2014 verstorbene Patrik Taylor hätte zu mir gesagt: „Erik, I've told you that for more than 15 years".

Übrigens die Architekten bemerkten gelegentlich, dass Hamburg dem Alex Gerard eigentlich ein Denkmal schulden würde.. Das finde ich auch. Aber so wie ich die Hamburger kenne, wird es wohl, wenn überhaupt, nur zu einer Medaille reichen.

Kapitel IV

Abschied aus dem Arbeitsleben.

Anfang 2004 verkaufte die ehrwürdige „Peninsular and Oriental Steam Navigation", London ihre Sparte „P&O Property." Das Hanseatic Trade Center ging an Schweizer Banken und deutsche Versicherungen. Die Karten wurden neu gemischt. Die Verträge mit meiner „HCGM" wurden von den neuen Eigentümern gekündigt.

Für die HCGM blieb nur noch die Aufgabe der Durchführung des „Due Diligence Prozesses" für den Verkäufer, der P&O Property. Dies ist eine übliche Sorgfältigkeit-Prüfung bei größeren Immobiliengeschäften.

Dies traf mich völlig unvorbereitet. Im Wesentlichen bedeutete dies für die HCGM den Nachweis der Brandsicherheit gegenüber einem unabhängigen Sachverständigen zu erbringen. Des Weiteren musste wir die Original (grün) gestempelten Baugenehmigungs-Nachweise für alle 5 Gebäude des HTC's zusammen stellen und den Käufern übergeben. Es waren mehr als 15 Leitz-Ordner voller Unterlagen aus etwa 20 Baugenehmigungs-Vorgängen.

Trotz unserer allgemein guten Aktenablage waren beide Vorgänge extrem nervig, aber auch wichtig. Sie waren die letzte Voraussetzung für den Eigentumsübergang. Beide Seiten drängten auf die Erledigung. Der Anwalt der Käuferseite meinte zu mir nur süffisant lächelnd:

„Würden sie etwa ein Auto ohne den originalen Fahrzeugbrief und das letzte TÜV-Protokoll kaufen? Die Antwort ist nein!".

Natürlich hatte er recht. Baudokumentation bedeutete die Zusammenstellung der Genehmigungs- und Sicherheitsunterlagen. Alles andere ist nachrangig. Auch hier habe ich durch Erfahrung gelernt und nicht durch Studium. Selbstkritisch gesagt, ich kannte zu dem Zeitpunkt noch nicht einmal den Begriff „Due Diligence".

Im Jahre 2006 habe ich mich dann beruflich im HTC verabschiedet, und zwar zeitgleich und gemeinsam mit dem Kreuzfahrtschiff „Queen Mary II" und das kam so:

Ich wollte mit einer persönlichen Feier gemeinsam mit meinen Kollegen, Geschäftspartnern und Freunden mein Ausscheiden aus dem Berufsleben feiern. Dazu hatte ich hatte eine gute Idee: Unser Büro lag unmittelbar an der Wasserkante des Hamburger Hafens hoch oben im 11. Geschoss des Kopfgebäudes im Hanseatic Trade Center, Am Sandtorkai 77.

An unserer südlichen Fensterfront fuhren ein Großteil der ein -und ausfahrenden Handels- und Kreuzfahrtschiffe in unmittelbarer Nähe vorbei. Eines der größten Kreuzfahrtschiffe, die Hamburg je anliefen, war die Queen Mary II, das Flaggschiff der britischen Cunard-Line.

Sie war damals die Attraktion für Tausende von Hamburgern. Sie kamen beim Ein- und Auslaufen zu den Landungsbrücken und zum Baumwall, um dem stolzen Schiff Referenz zu erweisen. Da ich wußte, dass kurzfristig der Besuch und das Auslaufen dieses Schiffes bevorstand, lud ich meine Geschäftsfreunde zu einer Party ein.

Auf der Einladungskarte stand: „Wir möchten uns gern verabschieden, Queen Mary II und ich. Dazu lade ich recht herzlich zu einer Party ein. Erik Denker."

Ich besorgte Musik, Demijons für den Wein, bestellte Suppen und Käse, dazu frisches Baguette. Es wurde ein fröhliches Beisammensein. Um 23.00 Uhr glitt hellbeleuchtet, geräuschlos elegant, nur durch die Schiffshupe unterbrochen, die Queen Mary II an uns vorbei. Sie war auf ihrem Weg nach Southhampten.

Das Kapitänsdeck lag auf unserer Höhe. von etwa 25 m. Den Hintergrund bildete der schwarze

Nachthimmel. Es war wahrlich imposant. Meine Gäste erinnerten sich noch Jahre lang an diesen eindrucksvollen Abend. Für mich begann nun 67-jährig der Ruhestand.

Kapitel V

Auf dem Camino durch Nordspanien.

Über diesen Ruhestand habe ich lange nachgedacht. Ich wollte mich keineswegs in den Sessel setzen, fernsehen und mich lediglich mit der Fernbedienung beschäftigen. Nein, ich wollte gern im Rahmen meiner Möglichkeiten einfach aktiv tätig sein.

Ich entschloss mich deshalb das Golfspiel zu erlernen, in der Alster-Schwimmhalle Kraft- und Schwimm-Training zu machen, meine Yoga-Übungen zu verfeinern und zu joggen. Zudem wollte ich

mein miserables Englisch verbessern und viel Fahr-rad-fahren. Alles Tätigkeiten ohne besonderen Zweck. Alles diente nur der Erhaltung meiner Gesundheit und meiner Zufriedenheit.

Zudem entschloss ich mich, etwa 3 Jahre nach meiner Verabschiedung aus dem Berufsleben, zu einem besonderen persönlichen Projekt. Ich wollte 70-jährig den „Camino Frances" begehen.

Unter dem Begriff „Camino Frances" versteht man die Wegstrecke von den Pyrenäen an der südfranzösischen Grenze bis zu der spanischen Stadt Santiago de Compostela. Er ist ca. 800 km lang und führt exakt und stetig von Osten nach Westen. Vorbei an drei Solitären mittelalterlicher Hochkultur, nämlich den Kathedralen in Burgos, Leon und, im Ziel, die von Santiago de Compostela.

Der Weg ist äußerst karg, steinig und führt teilweise sehr profan durch Gewerbegebiete und entlang verkehrsreicher Straßen. Er ist in der Sonnenhitze anstrengend zu begehen. Wer über die Schönheit des Caminos berichtet, sagt nicht die Wahrheit oder er kennt nicht den Rothaarsteig im Sauerland oder den Rennsteig in Thüringen.

Der Weg wurde ursprünglich angelegt, um den Bewohnern nördlich der Pyrenäen eine Umsiedlung nach Galizien bzw. Kastilien zu ermöglichen. Erst im frühen Mittelalter erfolgte die Umwidmung durch die katholische Kirche in einen Pilgerweg.

Über die Jahrhunderte wurde er der drittgrößte Pilgerweg in der christlichen Welt nach Jerusalem und Rom. Heute sind in fast allen Ländern Europas ergänzende Pilgerwege angelegt, die letztlich bei den Pyrenäen in den Camino Frances enden.

Ich besorgte mir im Kartenhaus Dr. Goetze am Alstertor eine Streckenkarte, der ich den Wegverlauf, die Tagestouren, Höhenunterschiede und Unterkunftsmöglichkeiten entnehmen konnte..

Zu diesem Zeitpunkt war ich noch der Meinung, ich benötige einen Wander-Navi. Eigentlich wollte ich eine Karte mit netzförmig eingetragenen Längen und Breitengraden um auf diese Weise über Standort und Zielbestimmung meinen Weg zu finden.

Die Verkäuferin lächelte mich etwas spöttisch an und meinte: "Richten sie sich lieber nach den vielen hundert Pilgern. Dies sei sicherer, einfacher und billiger". Sie verkaufte mir lediglich die erwähnte Streckenkarte. In der rechten unteren Ecke der Karte waren Hinweise zu entnehmen. Und zwar für alles was man für die Wanderung gebraucht und nicht vergessen werden sollte. Für Nachahmer führe ich die Dinge, ergänzt durch meine eigenen Erfahrungen, einmal auf.

Das sind: 1 Rucksack mit Traggürtel und Aussentaschen, 1 Schlafsack, 1 Paar Wanderschuhe, knöchelhoch, 1 Jeans, 1 leichte Hose, mit verkürzbaren Beinen, 1 wasserfeste Paar Flip-Flops, 2 Garnituren

Unterwäsche, 2 halb-Liter Wasserflaschen, 2 Polo-hemden, 1 Pullover, 1 Jeansmütze, 1 mal Regenzeug, möglichst wasserdicht, am besten in einem Kissenbezug verpackt, 1 Weste. 1 Handtuch, aus Feingewebe, d.h. kein Frottee, und 1 leichten Schlafanzug.

Dazu in einem oder besser zwei unterschiedlich gefärbte Beutel: Zahnbürste, Zahnpasta, Wäscheleine, 8 Wäscheklammern, Papiertaschentücher, Toilettenpapier, Tube Duschgel, Fußcreme, Blasenpflaster, 1 Tube Waschmittel, 1 Plastiktüte für Schmutzwäsche,

Taschenlampe, Sonnenschutz, Plastikregenschutz für den Rucksack, Nagelfeile, Klappmesser und ein Verzeichnis der Adressen, denen man gern eine Karte oder Brief schreiben möchte.

Nicht zu vergessen: 1 Brusttasche für Geld, Kreditkarte und Personalausweis. Handy mit Ladegerät, Streckenkarte, Tagebuch, Kugelschreiber, Fotoapparat und 2 Klappdosen für die Tagesverpflegung.

Das Gewicht macht etwas weniger 11 kg aus, welches den ganzen Weg getragen und dessen Inhalt organisiert werden muss. Man bedenke dies, wenn einem noch Weiteres einfällt. Es hat einen Nachteil, wenn man Ober- und Unterwäsche z.B. 3-fach mitnimmt. Weniger wegen des Mehrgewichts, aber es erschwert die Ordnung im Rucksack. Es ist auf die Dauer schwierig, die saubere von der getragene Wäsche zu unterscheiden.

Zwei Gürteltaschen für die Trinkflasche und für die Tagesverpflegung wären für mich sinnvoll gewesen. Sie ersparen einem das häufige Öffnen des Rucksacks. Auf meine Stoff-Taschentücher möchte ich nicht verzichten. Dies gilt auch für den leichten Schlafanzug. Mit Unterhose und nackten Oberkörper zu schlafen, ist nicht mein Stil.

Ich habe mir dann Nordspanien im Atlas angesehen. Ich habe mich entschlossen, eine verkürzte Route, nämlich von Burgos nach Santiago de Compostela zu pilgern. Dies sind etwa 500, statt der 800 km, die der Camino Frances in Spanien insgesamt lang ist. Ich wollte mich nicht überfordern.

Was wollte ich? Was erwartet mich? Zu pilgern ist ein Grund, aus dem Alltag zu entfliehen und um die Welt nicht immer durch das gleiche Fenster zu betrachten. Ich brauchte Tapetenwechsel, frische Luft in meinem Dasein, so machte ich mich eben in der Dämmerung meines Leben auf den Weg.

Eine Pilgerreise, vor allem zu Fuss, bringt viel Unvorhergesehenes und vielfältige, zum Teil abenteuerliche Erlebnisse mit sich. Es kann nicht alles wie zu Hause voraus geplant und fixiert werden. Die Aufmerksamkeit wird auf die Gegenwart gelegt. Es weht ein frischer Wind in deinem Dasein.

Es ist die Erfahrung, im „Hier und Jetzt" zu leben, Verlangen nach Einfachheit, Improvisation, Ursprünglichkeit, natürliche Fortbewegung, einfaches Essen, wenig Kleidung, einfache Herbergen.

Zu dem möchte man seine Leistungsgrenzen erfahren. Lernen zu rasten, lernen über mich selbst und andere nachzudenken. Religiöse Motivationen habe ich nicht. Mein Ziel war nicht der Weg, mein Ziel war Santiago. Mir verblieb eine gewisse Skepsis, ob ich meine Absichten tatsächlich erfüllen kann. Ich sprach mir selber Mut zu: „Es genügt nicht etwas zu wollen, man muss es auch tun".

Do, den 03. 09. 2009: Von Hamburg nach Santander

Nach einem kurzen Besuch in Brüssel bei meinem Sohn und seiner Familie fliege ich sehr preisgünstig nach Santander in Spanien. Santander liegt unmittelbar an der Atlantikküste. Ich fahre mit dem Bus vom Flughafen in die Innenstadt. Es ist ein sehr mondäner Ort mit einer langen und sehr breiten Promenade. Die Hotels hatten alle mindestens 4 Sterne und sind deshalb für mich als angehender Pilger nicht akzeptabel. Eine einfache Pension ist aber selten am Platz.

Letztlich finde ich ein altes, historisches Hotel (Hotel Central, 3 Sterne), das mir gefiel. Es war mehrfach renoviert worden, wobei alte Elemente erhalten wurden. So alle Haltegriffe im Bad und die ursprünglichen Zimmertür-Lackierungen. Alle Sanitär-Objekte waren neu und in einem seltenen, matten, fast blendenden Weis ausgeführt. Der Preis von 56€ für die Übernachtung mit Frühstück ist angemessen. Sie war die bei weitem teuerste Übernachtung während meiner Spanienreise.

Die Abendtemperatur betrug 21 Grad Celsius. Ich suche noch den Bus-Zentralbahnhof auf, holte mir dort mein Ticket für die Fahrt nach Burgos. Es war 23.00 Uhr, als ich mich zum schlafen ins Bett legte.

Mo, den 07. Sept. 2009: Von Santander nach Burgos

Es ist 7.00 Uhr. Es ist, als ob die Stadt noch schläft.
Es sind kaum Menschen in der Stadt zu sehen. Die
Strassen sind noch nass von der Reinigung. Ich ge-
nehmige mir noch ein Wannenbad. Das letzte für
die nächsten Wochen.

Ich bemerke, dass der linke Schaft meiner neuen
Wanderschuhe eine deftige Druckstelle am äusseren
Knöchel verursacht. Ich klebe mir ein Blasenpflaster auf die gestresste Stelle. Das Frühstück ist streng
bemessen, aber es wird von einem livrierten Ober
serviert.

Ich erinnere mich beim Frühstück an ein, an sich
unwesentliches Ereignis. Ich saß im Frühstücksraum

an einem nicht durchsichtigen, mannshohen Raum-Trenner. Auf der anderen Seite nahmen zwei Männer Platz, die ich in meiner Verschlafenheit nicht bewusst wahrnahm, als sie hereinkamen.

Ich hörte aber ihr Gespräch in einer Sprache, die ich nicht zuordnen konnte. Ich weiss noch, dass ich darüber nachdachte, wie es möglich war, sich mit diesem, von mir so empfundenen Kauderwelsch, sinnvoll zu unterhalten. Ich lobte für mich den Sinn-Sang der französischen, aber auch die Exaktheit der deutschen Sprache.

Plötzlich wechselten die Nachbarn in einen offensichtlich deutschen Dialekt. Ein Dialekt, der mir befremdlich war. So habe ich nur die folgenden Worte bzw. Halbsätze verstanden:...Ruhe bewahren... ich bin südlich von dir....nach Auftrag... die Hülse ... entferne Dich westlich.

Sie verließen den Frühstücksraum vor mir. Ich sah sie nur von hinten. Ich konnte mir keinen Sinn aus der Unterhaltung machen, obwohl ich, eigenartigerweise, immer wieder darüber nachgedacht habe. Einige Wochen später wurde mir bewußt, daß dies der Beginn eines unglaublichen Kriminalfalls war.

Der Bus ist modern und klimatisiert. Die Plätze sind nummeriert und der Bus ist voll besetzt. Wir verlassen Santander pünktlich. Die vorbeiziehende Landschaft ist von der Sonne ausgedörrt. Die Färbung der Bäume und Sträuchern wechselt nur im Farbbereich zwischen hellem und matten Gelb. Gras und Steine sind grau und ausgeblichen.

Auf den Feldern stehen gelegentlich gelbblättrige Sonnenblumen. An den Abrisskanten der Felsplateaus wurden hunderte von Windrädern installiert. Vielleicht sind es auch Tausend mit denen, die ich nicht gesehen habe.

Die Häuser und Villen in den durchquerten Dörfern sind in der Regel hellrot, manchmal dunkelgrau. Auffällige Farben werden fast immer vermieden. Ansonsten würde die ewige Sonne schon für ein Ausbleichen sorgen. Der Stadtrand von Burgos ist mit anderen Städten austauschbar.

Die Hochhäuser sind in ihrer Höhe und mit ihren vielen Kanten einfach hässlich, wie man es auch in Deutschland oder Frankreich sieht. Etwas weiter zur Innenstadt hat man versucht, durch kräftige blaue, gelbe und hellgrüne Pastell-Farben an den Nordfassaden Abwechslung in die Bebauung zu bekommen.

Nach etwa dreieinhalb Stunden erreichen wir die Estasias Buses im Zentrum von Burgos. Burgos ist die Hauptstadt von Kastillien-Leon und hat etwa 170.000 Einwohner. Das Zentrum wird durch die mächtige, gotische Kathedrale beherrscht.

Der spanische Diktator Franko „El Caudillo" wurde 1936 in dieser Stadt von der Militär-Junta zum Regierungschef ernannt. In dem Warteraum der Busstation nehme ich in aller Ruhe mein zweites Frühstück mit Milchkaffee und Hörnchen ein. Dann besorge ich mir an der „Info" einen Plan der Innenstadt. Ich lasse mir darin die Adresse der Jakobus-Gesellschaft eintragen.

Ich überquere den Rio Arkanzon und erblicke die Kathedrale, die mich nachhaltig beeindruckt. Der filigran gestaltete Sandstein wurde frisch renoviert und zeigt sich bizarr und hell leuchtend, einfach prachtvoll. Nördlich hinter der Kathedrale befindet sich die offizielle Herberge mit der dort integrierten Jakobus-Gesellschaft.

Dort frage ich nach der „Credencial del Peregrino". Ich brauche diese für den Zutritt zu den Pilger-Herbergen und als Nachweis für die Länge des zurückgelegten Pilgerweges. Das Formblatt fragt u.a. danach, ob ich den Weg mit dem Pferd, dem Fahrrad oder zu Fuss machen möchte.

Ich bekomme das Dokument mit dem ersten Stempel. Ich kaufe mir dort noch meinen Pilgerhut mit der Jakobus-Muschel an der Stirnseite und einen hölzernen Wanderstab, oben mit einer Bandschlaufe. Beides erweist sich als Glücksgriff. Der Hut mit der breiten Krempe schützt vor der oft

heftigen Sonne, aber auch bei Regen. Er sieht sehr abenteuerlich aus. Ich habe ihn später bei niemanden anders gesehen. Er hatte für all die anderen Pilger einen hohen Wieder-Erkennungswert meiner Person.

Den Stock kann man, wie beim Skilanglauf, hilfreich einsetzen und bei abschüssigen Geröll-Strecken zum Abstützen nutzen. Von nun an bin ich, akkreditiert und vom Äußeren her ein echter Peregrin.

Als ich um ca. 14.00 Uhr wieder in Richtung Kathedrale gehe, wird mir bewusst, dass ich ein Problem habe. Die Druckstelle am linken Knöchel schmerzt heftig. Das aufgeklebte Blasenpflaster hat keinen Nutzen. Ich gehe wieder zurück in die Herberge und erkundige mich nach einem Schuhmacher. Leider öffnet der erst nach der „Siesta" um 16.30 Uhr. Dies behindert meinen beabsichtigten Pilgerstart erheblich.
Vorsorglich kaufe ich in einer noch geöffneten Apotheke eine Mullbinde. Um die Zeit zu überbrücken mache ich einem längeren Spaziergang rund um die Kathedrale. Ich gehe dort hinein, setze mich in das Kirchengestühl. Ich lasse das Bauwerk auf mich wirken und lobe mir den mittelalterlichen Baumeister.

Schräg vor mir, setzt sich eine junge Frau ins Kirchengestühl, kniet nieder, schlägt ein Kreuz vor der Brust, senkt den Kopf und ist minutenlang in ein Gebet versunken, schlägt wieder ein Kreuz, steht auf, zündet am Ausgang eine Kerze an. Dann verlässt sie das Gotteshaus. Wohl dem, der einen Glauben hat.

Der Schuhmacher ist ein freundlicher Mann. Allerdings spricht er kein Deutsch, auch kein Englisch und ich kein Spanisch. Ich ziehe deshalb meinen linken Schuh aus. Erkläre ihm durch zeigen meiner Druckstelle und durch hämmernde Gesten mit meiner Hand das Problem. Ich hoffte. dass er auf diese Weise den Schaft mit dem Hammer weiten und weichklopfen möge. Er schaute nachdenklich, schüttelte aber mit dem Kopf.

Er ging in den hinteren Teil des Ladens, holte einen etwa 8 mm hohen Hacken-Keil, legte ihn in den Schuh. Er fordert mich auf, den Schuh wieder anzuziehen. Tatsächlich war der Mangel behoben. Die Mullbinde habe ich nie gebraucht. Ich bedankte mich überschwänglich auf englisch, und zwar über eine hinzugetretene, englisch und spanisch sprechende Kundin.

Ich versprach ihm, in der Kathedrale von Santiago de Compostela eine Kerze für ihn anzuzünden. Er sagte in ruhigen Worten: „Ihm genüge es, wenn ich den Schuhkeil bezahle. Er glaube sowieso nicht an den ganzen Popen-Zirkus". Ich bezahlte ihm den doppelten Preis.

Montag, den 07. Sept. 2009: Von Burgos nach Villabilla

Nun habe ich alle Vorbereitungen abgeschlossen. Ich gehe gen Westen und beginne in der tief stehenden Nachmittagssonne meinen Pilgerweg. Mein Ziel ist das etwa 10 km entfernte Villabilla. Dies ist die Stunde null meines Caminos. Drei Wochen auf diesem Weg und 500 km Strecke liegen vor mir.

Die Wege aus der Stadt sind gut ausgezeichnet. Sicherlich alle 100 m findet man in die Bürgersteige eingelassene Jakobs-Muscheln, u.z. großenteils in einem aufwendigen Messingguss. Zusätzlich sind Pfeile, meist in gelber Farbe an Hausfassaden und Mauern aufgemalt.

Vor mir gehen zwei Frauen mit Rucksäcken, den gleichen Weg. Wir diskutieren an einer unübersichtlichen Strassenkreuzung den richtigen Weg. Es sind Spanierinnen, die soviel deutsch oder englisch sprechen, wie ich spanisch, nämlich überhaupt nicht. Uns einigt das gemeinsame Interesse in dem vor uns liegenden Ort eine Bleibe zu finden.

Ausserhalb der Stadt durchqueren wir zunächst ein langweiliges und staubiges Gewerbegebiet. Die Temperatur liegt bei etwa 30° C. Um halb neun erreichen wir in der Dunkelheit Villabilla. Mir wird bewusst, dass es in Spanien eine Stunde früher dunkel ist, als in Hamburg und wie ich später feststelle, auch eine Stunde später hell wird. Wir finden keine Herberge.

Die beiden Spanierinnen gehen selbstbewusst in die Dorfkneipe, überreden dort einen jungen, leicht angetrunkenen Mann uns eine Pension zu zeigen und den wo anders wohnenden Vermieter ausfindig zu machen.

Villabilla ist eine etwas fantasielose Schlafsiedlung. Im Mittelpunkt findet man natürlich eine Kirche, ein Dorfplatz und eben eine Kneipe. Ich bezahle meine 25 € für das Zimmer. Ich bin durchgeschwitzt und froh, dass ich duschen kann. Ich esse, was ich mir im Hotel in Santander am Frühstückstisch eingepackt habe. Ich fülle ich meine Trinkflaschen und mache mir an Hand meiner Streckenkarte bewusst, was mich am nächsten Tag erwartet, dann schlafe ich. Auch wenn ich froh bin, mein erstes Ziel erreicht zu haben, so war doch die erste durchwanderte Strecke für mich enttäuschend.

Dienstag, den 08. 09. 2009: Von Villabilla nach San Bol

Ich starte in der kühlen Morgendämmerung gemeinsam mit den beiden Spanierinnen. Wir verlieren uns bald. Sie laufen ein schnelleres Tempo als ich. Ich gehe einige Stunden allein des Weges. Dann erreicht mich ein anderer Pilger von Burgos kommend und spricht mich an. Es ist Andreas Buchwald, seines Zeichens Schriftsteller. Er hat eine bemerkenswerte Vita. Er kommt aus Leipzig. Er hat dort noch den Beruf des Schriftsetzers gelernt.

Er hat sich nach der „Wende", d.h. nach der deutschen Wiedervereinigung, günstig ein Haus gekauft. Er hatte es im wesentlichen mit Baukrediten finanziert. Dort lebte er mit Frau und 3 Kindern etwa 10 Jahre. Dann wurde er arbeitslos. Die Ehe scheiterte. Das Haus wurde versteigert. Er hatte nun Schulden in vierstelliger Höhe. Er lebte nun von Sozialzuwendungen des Staates.

Aber Andreas ist ein positiv denkender Mensch und ein sehr kommunikativer dazu. Er spricht sechs Fremdsprachen: polnisch, russisch, holländisch, englisch, spanisch und französisch. Er entschloss sich Schriftsteller zu werden und hat inzwischen ein halbes Duzend Bücher veröffentlicht.

Für mich ist er ein hervorragendes Beispiel eines Menschen, der trotz widriger Lebensumstände nur durch seinen Willen und seinen Optimismus, es zu einer gewissen Lebenszufriedenheit gebracht hat. Er ist mir ein angenehmer Wegbegleiter. Wir haben uns den ganzen Weg angeregt unterhalten. In Tordojos frühstücken wir: Brötchen mit Rührei und Milchkaffee.

Das Lokal ist bemerkenswert. Es kommt mir vor wie eine Oase in der Wüste. Es hat einen großen

Innenhof, der von der Terrassenbar und einer geschlossenen Gartenmauer begrenzt wird. Die sich ergebende Freifläche ist mit Bäumen und einer Rasenfläche gestaltet. Alles ist automatisch bewässert und stellt sich in einem wunderschönen, satten Grün dar.

Nur die vielen Putten und Statuen wirken auf mich in ihrer Vielzahl kitschig. Sie erinnern mich an die Gartenzwerge in deutschen Kleingärten. Wir holen uns unsere Brötchen und Andreas bestellt den Milchkaffe. Die Bedienung, ein junger Mann, serviert zwei leeren Tassen und verblüfft uns mit einem norddeutschen „Moin, Moin".

Er kommt wieder mit zwei Wasserkessel, und zwar in jeder Hand einen, gießt mit der linken Hand den Kaffee und der rechten Hand die Milch in die vorher hingestellten Tassen. Er erzählt uns in einem guten Deutsch, dass er mehrere Jahre in Lübeck gearbeitet habe.

Nach etwa 20 km Tagesmarsch sehen wir 200 m links des Weges eine große Jakobsmuschel an der Wand eines kirchenähnlichen Gebäudes. Es ist die Pilger-Herberge San Bol. Eine private Unterkunft, äusserst einfach gehalten, ohne Wasser, Strom und baulichen Toiletten. Wir werden sehr freundlich mit Kaffee und Gebäck begrüsst.

Ein Quell-Bach durchquert das Grundstück, an dem ein Tauchbecken angeschlossen ist. Andreas und ich gehen erst einmal auf „Tauchstation".

Natürlich nackt, wir sind ja so zu sagen in einem Paradies-ähnlichem Ort.

Das Wasser ist angenehm kühl, bei einer Tagestemperatur von immer noch 30 Grad Celsius. Wir bekommen, gemeinsam mit einem Niederländer, die letzten 3 Betten auf dem Dachboden. Die Übernachtung ist kostenlos. Es wird lediglich eine Spende erwartet. Ich erhalte meinen dritten Stempel.

Wir sind ungefähr 40 Pilger auf dem Grundstück, ein Drittel davon übernachten in eigenen Zelten. Nie habe ich so viele Menschen aus verschiedenen Länder auf einem so kleinem Raum gesehen.

Die Herbergs-Mutter, die Hospitalera, ist aus Ungarn. Exotisch wirkt auf mich ein junges Paar von den Philippinen, andere sind aus Österreich,

Polen, Kanada, Schweiz, Frankreich und natürlich auch aus Spanien selbst.

Am späten Nachmittag liege ich auf meinem Kissen, in dem ich das Regenzeug verstaut habe, auf der Wiese. Matthias, ein junger Mann, er liegt in der Nähe, bietet mir an, seine Decke mit zu nutzen. Matthias kommt aus Österreich und ist Katholik. Ich schätze ihn auf 25 Jahre und frage ihn, was ihn zum pilgern veranlasst habe. Er sagt nur kurz zu mir: „Zweifel an seinem Glauben."

Die Hospitalera verpflegt alle mit einer Suppe und einem Eintopf, natürlich mit Pilgerhilfe. Ich mag beides nicht, lasse mir aber aus Höflichkeit nichts anmerken und schließlich habe ich Hunger.

Wir sitzen alle an zwei langgezogenen Tischen im Garten. Die Verständigung erfolgt in Englisch. Die Stimmung empfinde ich als ungemein freundlich und fröhlich. Ich fühle mich wohl.

Der Abend wird abgeschlossen durch eine Einladung der Herbergsmutter in das von Kerzen erleuchtete Haus. Sie hat in einer Art Wog-Schale ein Feuer angezündet. Das ist sehr eindrucksvoll. Sie singt, begleitet von eine Gitarre, Volkslieder aus ihrer Heimat. Wir stehen rundherum. Sie fordert uns auf, es ihr gleich zu tun.

Mittwoch, den 09.09 2009: Von San Bol nach Itero de la Vega

Es gibt ein Frühstück mit Tee Brot, Käse und Marmelade. Es ist alles quirlig wegen der vielen Menschen in dem kleinen Raum. Andreas läuft eine Stunde voraus. Er möchte seine spanischen Sprachkenntnisse vervollständigen und sucht entsprechende Gesprächspartner.

Ich werfe meinen 10€-Schein in den Pappkarton mit Schlitz und gehe dann erstmals allein, was mir sehr lieb ist. Ich kann mein Lauftempo selbst bestimmen und darüber nachdenken, was ich erlebt habe und darüber was der neue Tag wohl bringt. Mir fällt folgender Versmaß zu meinem Übernachtungsort ein:

Wanderer kommst Du von Burgos,
wandere und suche Dein Ziel:
Sambol: Die Quelle am Camino,
der kleine, einfache, friedliche Ort
wird Dir geben erstaunlich viel.
Die Schöpfung entscheidet, es ist bestimmt:
Alle die Du dort findest, Deine Freunde sind.

Es ist kühl und windig. Nach einer Stunde erreiche ich Hortanas und wandere entschlossen hindurch. Ich möchte die kühlen Morgen-Temperaturen nutzen und „Wegstrecke" machen. 4 km weiter passiere ich mit kurzer Trinkpause Convento de San Anton. Das ist eine aus dem 14. Jahrhundert stammende Kirche, die nur noch als Ruine erhalten ist. Ich spende und gehe meinen Weg weiter in Richtung Castrojeriz.

Im Ort fülle ich meine Getränkevorräte mit Zitronenbrause aus einem Automaten auf. Vor mir liegt der Aufstieg auf den Alto de Mostelares. Er ist in der Mittagssonne quälend heiß. Ich bin in der Ebene scheinbar der einzige Pilger. Gelegentlich überholen mich Ranger-Rover Fahrzeuge, die viel Staub machen und sich erbarmungslos an den Horizont verziehen.

Meine Getränkevorräte enden. Ich bin froh als ich in der Ferne den Schattenplatz und die Wasserquelle Fuente de Piola erkenne. Nun weiß ich, dass es nicht mehr weit bis zu meinem Ziel Itera de la Vega ist.

Als ich mich dem Rastplatz nähere, sehe ich dort eine Frau und einen Mann an einem der Steintische sitzen. Sie sind vielleicht 60 Jahre alt. Einige Meter davon entfernt grast nicht angebunden ein Esel. Neben dem Tier liegen schweinslederne Packtaschen. Mir fallen für die beiden sofort die Namen „Maria und Josef „ ein. Ich stelle mich vor, setze mich an den Tisch und erfahre, dass beide aus dem Elsas in Frankreich kommen und gut deutsch sprechen.

Sie sind an 119 Tagen 1.900 km von dort zu Fuß mit dem Esel nach Itera gepilgert und wollen weiter nach Santiago. Dies bedeutet 16 km pro Tag für „Maria und Josef". Ich bringe mein Erstaunen zum Ausdruck, denn ich bin wirklich beeindruckt. Weniger von der physischen Leistung, als von ihrer offensichtlichen Überzeugung, dass ihr Tuen Gott-gefällig ist.

Mir scheinen sie verwurzelt in ihrer bäuerlichen Heimat und unerschütterlich in ihrem Glauben an Gott. In ihrer einfachen Kleidung, ihrer Art zu pilgern und ihrer inneren Ausstrahlung und Ruhe erscheinen sie als ein Relikt aus dem Mittelalter. Heute sind sie für die meisten Menschen sicherlich ein Kuriosum, für mich sind sie bewundernswert.

Ich erreiche gegen 16.00 Uhr nach 26 km die offizielle Herberge. Gegen Zahlung von 5 € bekomme ich ein Bett im Schlafsaal zugewiesen. Ich bitte um den unteren Teil eines Doppelbettes. Vorher habe ich meine Schuhe aus Geruchsgründen, wie alle anderen auch, an einer vorbestimmten Stelle in den Vor-Flur gestellt. Ich breite meinen Schlafsack auf der Matratze aus und nehme so von meinem Bett Besitz.

Dann entkleide ich mich. Ich ziehe den Schlafanzug an, verstaue meine Wertsachen wie Brusttasche, Handy usw. in meine Schlafsack-Hülle. Ich binde diese ans Bett und schiebe sie darunter. Die Taschenlampe deponiere ich schnell greifbar an der Innenseite des Bettpfostens am Kopfende. Ich sammle die Unterbekleidung und meine Strümpfe. Ich wasche sie am Waschplatz mit der Hand und hänge sie im Innenhof auf. Dann gehe ich duschen und pflege meinen Mittagsschlaf.

Nach etwa einer Stunde stehe ich auf und mache mich „landfein". Im Gemeinschaftsraum studiere ich meine Streckenkarte. Ich vollziehe nach, was ich heute gepilgert habe und was ich morgen pilgern werde. Danach schreibe ich mein Tagebuch.

Ich verlasse die Herberge mit meinen Flip Flops an den blossen Füssen und schaue nach dem nächsten Super-Mercator Ich kaufe dort Fruchtsaft, Käse, Brötchen und eine kleine Packung trockene Kekse. Mittlerweile ist es schon nach 19.00 Uhr. Ich suche mir ein Restaurant, bestelle mir das übliche Pilgermenü und einen halben Liter Bier. Ich sitze allein am Tisch und beobachte Menschen und Umgebung.

In der Herberge nehme ich die getrocknete Wäsche von der Leine. Ich schmiere mir meine Brötchen, fülle meine Getränkeflaschen. Dann packe den Rucksack, soweit dies möglich ist. Ich lege die Bekleidung für den nächsten Tag auf einen Haufen und verstaue diesen unter dem Bett. Dann lege ich mich hin und versuche möglichst schnell einzuschlafen.

Diese eingehende Schilderung meiner Vorgehensweise trifft für die meisten der vor mir liegenden Tage zu, da diese Routine mein Wille ist.

Donnerstag., den 10. 09. 2009: Von Itero nach Revenga

Ich lasse mich durch herumirrenden Strahlen der Taschenlampen der Frühaufsteher wecken. Es ist stockdunkel. Ich drehe mich vorsichtig aus dem Bett und gehe in den Waschraum. Dann ziehe ich meine vorbereitete Bekleidung an, kontrolliere meine Wertsachen, verpacke meinen Schlafsack und verlasse das Haus.

Es ist 7.00 Uhr und draussen ist noch dunkel und sehr kalt. Ich habe Schmerzen an den Schultern, die ich gestern schon bemerkt habe. Und zwar an den Stellen, an denen die Tragegurte des Rucksacks über die Schultern verlaufen. Ich lerne durch den Schmerz, dass man einen Rucksack nicht mit den Schultern, sondern mit den Beckenknochen trägt.

Man verhindert die Schmerzen, indem man den Rucksack ein wenig anhebt und dann den breit gehaltenen Beckengurt kräftig anzieht. Dadurch werden die Schultern weitgehend entlastet, der Gang ist aufrechter. Man kann durch Anschauung, durch Studieren oder durch Erfahrung lernen. Letzteres war hier der Fall.

Vor mir gehen ein Mann und eine Frau. Sie streiten in einer Sprache, die ich nicht verstehe. Ich beobachte sie fast 20 Minuten, dann bleibt die Frau zurück und setzt sich an den Wegesrand. Der Mann geht weiter.

Ich vermute, sie konnten sich nicht über das Tempo ihrer Wanderung einigen. Ich bin froh, dass ich allein bin und über meinen Rhythmus selbst bestimmen kann. Ich brauche keine Rücksicht auf andere Mit-Wanderer zu nehmen..

Ich pilgere über Bogadilla del Camino und Formista nach Revenga, das sind 27 km. Den überwiegenden Teil des Weges gehe ich mit einer jungen Frau namens Liane. Sie stammt aus Deutschland. Wir unterhalten uns über Belanglosigkeiten und machen unsere Pausen gemeinsam. Wir trennen uns in Revengar. Ich übernachte in der Herberge „Casa del Peregrino". Im gemeinsamen Schlafsaal schlafe ich als einziger Mann mit einem Duzend Frauen.

Am Morgen meiner Ankunft wurde der Schlafsaal wegen festgestellter Läuse oder Flöhe ausgeräuchert. Dies ist ein nicht enden wollendes Thema bei den Frauen. Ich erfahre durch sie, dass es besser ist, in einem oberen Bett zu schlafen, da sich die kleinen Flöhe von der Unterseite der oberen Matratze auf den darunter liegenden Pilger fallen lassen.

Mich nervt das andauernde Gerede. Ich denke, wenn an 350 Tagen im Jahr, jede Nacht ein anderer Pilger auf der gleichen Matratze schläft, lässt sich so etwas wohl kaum vermeiden. Die Herbergs-Leitung stellt vorsorglich besondere Wegwerf-Überzüge für die Matratzen zur Verfügung.

Ich gehe in die benachbarte Kirche Eglisia Santa Maria. Ich sehe und höre mir eine Messe in spanischer Sprache an. Ich kann der Zeremonie nichts abgewinnen.

Ich suche ein Lokal und bestelle mir ein Pilger-Menü. Ich organisiere mich für den nächsten Tag, in dem ich mir den morgigen Weg aus dem Dorf heraus deutlich mache. Anschließend gehe ins Bett und schlafe auf der unteren Matratze, trotz des möglichen Kleingetiers, ausgezeichnet.

Freitag, den 11.Sept. 2009: Von Revenga nach Calzadilla

Ich weis, dass ich eine schwere Etappe vor mir habe. Sicherlich eine der beschwerlichsten auf dem Camino. Ich starte um 6 Uhr in der Dunkelheit.

Bei mir deutet sich Durchfall an. Vorsorglich nehme ich zwei der dagegen vorgesehenen Tabletten ein, wie es mir die Apotheken-Verkäuferin in Hamburg empfohlen hat. Das hat mir zweifellos geholfen.

Ich gehe bewusst alleine. Der Sternenhimmel ist fantastisch. Ich erreiche Clarion und frühstücke ausgiebig in einem kleinen Hotel. Vor mir liegen 17 km Einsamkeit. 17 km ohne Pausenmöglichkeiten.

Der Weg führt präzise in Richtung Westen, durch eine leicht hügelige, ausgedörrte Landschaft. Jeder der wenigen Schattenplätze ist mit dem Unrat unserer Zivilisation verschmutzt: Papiertaschentücher, Plastikflaschen und Plastiktüten. Der Weg ist im wahrsten Sinne steinig, d.h. durchgängig grober

Schotter. Ich denke ich werde 4 bis 5 Stunden bis Calzadilla gebrauchen.

Ich habe einen Liter Wasser und einen Halben Liter Fruchtsaft bei mir. Ich weiss, ich muss viel trinken. Es ist zunächst kein Mensch vor und kein Mensch hinter mir, bis ich in der Ferne einen Pilger auf mich zukommen sehe. Es ist ein kräftig wirkender Mensch mit leichten, aber ausholenden Schritten. Etwa 10 m vor mir rufe ich ihm zu:

Old fellow, the direction to Santiago is the other way round". He answered friendly: „Thank you for that hint, but I come from Santiago and want to go to Rom". I didn´t think it was a joke.

Ich versuche mich auf etwas anderes, als auf den Weg zu konzentrieren. Ich denke an Mathias, den ich in San Bol kennen gelernt habe. Ich habe ihn so verstanden, dass er als Kind im streng katholischen Glauben erzogen wurde. Jetzt bei vollem Verstand kommen ihm Zweifel.

Er weis nicht, wie er die Grausamkeiten der Kreuz-züge, die Hexenverbrennungen, den Ablasshandel, das Zölibat und die Sex- und Wissenschafts-feindlichkeit seiner Kirche für sich einordnen soll.

Die grausamem Verschrobenheiten der Glau-benskriege und menschenverachtenden Christiani-sierungen, insbesondere in Südamerika, sind auch für ihn nicht zu rechtfertigen. Ich war über seine Reaktion auf meine Frage nach dem Sinn seiner Camino-Wanderung sehr überrascht. Ich konnte ihm nicht helfen. Hätte ich ihn heute an meiner Seite, hätte ich ihm gesagt, dass es für diese Unge-heuerlichkeiten der katholischen Kirchenhierarchie keine Rechtfertigungen gäbe.

Ich hätte ihm empfohlen, diese Dinge in seinen Gedanken einfach „auszuknipsen". Sich auf die po-sitiven, ursprünglichen Grundsätze des Christen-tums zu besinnen. Ich hätte ihn auf die Bergpredigt oder an die örtliche Gemeindearbeit verwiesen. So sei er in der Lage sich zu der Institution Kirche eine gedankliche Distanz zu schaffen. Dies könnte sei-nen Gottesglauben erhalten oder gar festigen. In Wikipedia lese ich: Die Bergpredigt ist eine überlie-ferte Rede des Jesus von Nazareth, die in der Bibel im Neuen Testament des Matthäus-Evangelium drei Kapitel umfasst. Ihren traditionellen Namen hat die Bergpredigt von der Ortsangabe zu Beginn: „Als Jesus die vielen Menschen sah, stieg er auf einen Berg. Er setzte sich, und seine Jünger traten zu ihm. Dann begann er zu reden und lehrte sie." Die Bergpredigt hat die christliche Religion, viele Denker und andere Religionen maßgeblich beeinflusst. Auch für heutige liberale Juden entspricht diese Bergpredigt Jesu ihrem Glauben.

Ich frage mich, ob ich glaube und wenn ja woran? Ich komme, nach immer wiederholenden Gedankengängen, zum Ergebnis, dass ich sehr wohl einen Glauben habe und dies ist mein Glaubensbekenntnis:

- Ich glaube an eine umfassende und immer während Schöpfung. Die Schöpfung zeigt sich uns durch die offensichtlichen Abläufe der Natur.
- Ich glaube, wo mein Verstand endet. So hat er keine Erkenntnis über die Unendlichkeit des Universums, sowie dem Anfang und das Ende von Raum und Zeit. Dies heilt nur der Glaube.
- Ich glaube an Jesus Christus, dem Verkünder des Christentums, als einen weisen und gütigen Menschen, seine Eltern Maria und Josef und seine Lebensgefährtin Maria Magdalena.
- Ich glaube an die Existenz, Weisheit und den guten Willen fast aller Apostel, Propheten und

Heiligen. Aber ihre Aussagen und Prophezeiungen, so auch die Bibel, die Thora oder der Koran, sind Menschenwerke und stehen deshalb unter Irrtumsvorbehalt.

- Ich glaube an Vorgänge zwischen der Schöpfung und den Menschen, und zwischen Menschen, Tieren und Pflanzen, die ich nicht erklären kann, die aber ihr Wesen treiben.

- Ich glaube an die 10 Gebote des Evangeliums als Sittengesetz der Christenheit und des Judentums. Ein jeder tue gut daran, sie einzuhalten. Sie dienen einem menschenwürdigen Miteinander, Mit Gott oder der Schöpfung hat das wenig zu tun.

- Gott ist die Schöpfung und die Schöpfung ist Gott". Welchen Namen dafür auch verwendet wird, ist gleichgültig.

„But what is in a name ? That what we call a rose, would smell as well by any other name. (I know, it is a Quotation of William Shakespeare, but that is what I mean).

Wahrlich, ich bin ein gläubiger, wenn auch kirchenferner Christ. Ich entziehe mich bewusst den religiösen und kirchlichen Interpretationen, da vieles, wie die Geschichte zeigt, nur der Macht und der Einflussnahme dienten und und zudem häufig auch Leid und Tod zu Tausenden von Menschen brachte.

Seit ich Clarion verlassen habe, bin ich nun vier Stunden, unterwegs. Ich habe eine Anhöhe erreicht von der aus ich hoffe, Calzadilla zu erkennen. Aber vor mir sehe aber nur den steinigen Weg bis zu dem etwa 1 km weit entfernten Horizont. Ich habe zwar keine Schmerzen am Körper, ich spüre jedoch Ungeduld, Schweiss, Staub, Durst und Schwäche.

Ich schnalle den Rucksack ab, stelle ihn zwischen meine Beinen. Ich trinke im Stehen einen halben Liter Wasser. Dies habe ich in der Art nun schon zum dritten Mal gemacht. Meine Getränkevorräte sind aufgebraucht.

Nach 10 Minuten beginne ich mit reduzierten Tempo wiederum meine Wanderung via Horizont. Dort angekommen werde ich angenehm überrascht.

Unmittelbar hinter dem erwanderten Hügel, keine 100 m vor mir steht das Ort-Eingangsschild von Calzadilla. Auf der anderen Seite der vorbeiführenden Straße liegt die Herberge. Ich sichere mir ein Bett und lasse die übliche Routine ablaufen. Die Duschen im Haus sind verschmutzt. Ich nehme deshalb ein Bad im Schwimmbecken des Innenhofes und benutze eine Aussendusche. Ich pflege meine Füße.

Im Gegensatz zu einem großen Teil meiner Mitpilger habe bisher keine Blasen an den Füßen. Meine neuen Wanderschuhe bewähren sich. Vielleicht hilft es auch, dass ich bei jeder passenden Gelegenheit meine Schuhe ausziehe, belüfte und die Füße trockne. Ich wechsle bzw. wasche die Socken nur wöchentlich. Ich treffe Andreas Buchwald im Schlafsaal wieder. Im Ort sehe ich auch Liane und erkenne ein Teil der "Läuse-Damen" aus Itera. Sie haben sich im Hinblick auf ihre Unterkunft noch nicht entschieden.

Sie diskutieren wieder eingehend darüber, in welcher Herberge die Wahrscheinlichkeit des Befalls von Läusen wohl am geringsten ist. Sie entscheiden sich dann für ein Hotel. Es weht ein angenehmer Wind, die Temperaturen sind erträglich.

Ich kaufe mir im Ort für 2 € etwa 2 kg Wein-Trauben. Ich verteile sie, im wesentlichen im Schlafsaal an meine Nachbarn. Vor der Tür zur Herberge erkenne ich in der Dunkelheit den Esel von „Maria und Josef".

Ich treffe noch jemanden. Ich bin sichtlich verdutzt. Es sind Leia und Kenobi Lochnit. Wir unterhielten uns über eine Stunde. Sie erzählten, sie hätten in San Franzisko geheiratet. Sie berichteten mir von der Enttäuschung, dem Unverständnis ihres Vaters, und von ihrem Aufenthalt in Amerika, sowie Ihrer Arbeit bei „Sun Microsoft" in der Nähe von Los Angeles. Sie hätten dort über Sprachen- und Programmier-Systeme viel gelernt.

Die dortige Wohnung am Arbeitsplatz sei klein und teuer gewesen. Das Essen bestand fast immer aus Fastfood. Der Stress war immer gleich hoch. So beschlossen sie nach 18 Monaten, ohne den Vater zu unterrichten, nach Europa zurückzukehren.

Kenobi versuchte mir sein Verhalten gegenüber seinem Bruder zu rechtfertigen und zwar mit dem

Motto „Die Liebe hat immer Recht". Er erzählte mir gleichzeitig von einer Entfremdung zwischen ihm und Leia. Dies sei der Grund für ihre Wanderung auf dem Pilgerweg, um so zu heilen, was noch zu heilen ist.

Ich erzählte, dass ich oft an den Vater denke und ich und mir von Herzen Eintracht und Zufriedenheit für diesen leidgeprüften Menschen wünsche. Sie sagten mir beide gleichzeitig, dass auch sie sich das wünschen und von Santiago unmittelbar nach Hamburg flögen. Sie baten mich, dem Vater nichts von Ihrem Aufenthalt zu berichten. Ich sagte es zu.

Samstag, den 12. Sept. 2009: Von Calzadilla nach Sahagun

Aufstehen um 6.30 Uhr, bevor die Hähne krähen. Wir machen uns zu viert auf. Andreas, zwei Schotten und ich. Wir gehen durch die Dunkelheit. Ich habe meine ersten Verluste: Meine Taschenlampe und mein Handtuch sind mir verloren gegangen. Beides ist für mich unerklärlich. Ich werde beides in Leon neu kaufen.

In Ledigos frühstücken wir: Ein Croissant und einen Milchkaffee. Die nächste Pause ist San Nicolas. Einer der Schotten hat eine deftige Zerrung im Fuß. Die Beiden bleiben zurück und suchen sich eine Unterkunft. Ich verliere Andreas. Er geht schneller als ich. Die Sonne erhöht die Mittagstemperatur auf 32° C.

Ich erreiche die Stadt Sahagun. Sie ist sehr alt und kann schon Ansiedlungen aus der Römerzeit nachweisen. Die Kirche und das Kloster wurden ursprünglich im romanischen Stil errichtet. Hier treffe ich Andreas wieder. Wir trinken ein Bier zusammen, wir versichern uns gegenseitig unsere Sympathie, dann verabschieden wir uns.

Ich habe mich nämlich entschlossen, von Sahagun bis Leon mit dem Zug zu fahren. Das sind ungefähr 30 km. Ich erspare mir dadurch die Durchquerung des Gewerbegebietes vor Leon. Dieses wird von anderen Pilgern als äußerst langweilig, anstrengend und staubig beschrieben.

So, den 13. Sept. 2009: Von Sahahgun nach Leon

Am Bahnhof treffe Erik, einen dänischen Psychologen. Er kommt aus Kopenhagen. Ich erzähle ihm von meinem dänischen Großvater Dr. Erik Gustavo Michelsen. Nach 40min Bahnfahrt sind sind wir in Leon.

Wir trennen uns, treffen uns jedoch in der Innenstadt wieder. Er macht mich mit einer Schwedin bekannt, die wie ich auch, die Klosterherberge sucht. Ich denke sie ist 60 Jahre alt und hat kranke Füße und kann kaum noch laufen.

Über die Tourist-Information finden wir die Herberge. Klosterherberge hört sich romantisch an, aber es ist ein Massenbetrieb. Im Schlafsaal befinden sich mindestens 50 Betten. Von diesen Sälen gibt es mehrere. Ich will mich nicht beklagen, ich wollte es so.

Ich entdecke, dass im Innenhof die Pforte zum Klostergarten geöffnet ist. Ich gehe hinein, setze mich an einen dort stehenden Tisch. Ich schreibe mein Tagebuch. Der Garten ist sehr gepflegt.

Der im Schatten liegende Rasen ist für diese Zeit wundervoll grün. Der schlicht gehaltene Garten und die alten Gemäuer ergeben ein spannungsvolles

Bild. Von meinem Platz habe ich Einsicht in einen 4 m hohen, mit schmalen, hohen Rahmen vollverglasten Speisesaal.

Dieser ist offensichtlich Gästen einer anderen Art vorbehalten. Ich erkenne, eine Frau im langen, schwarzen Gewand, sicher eine Nonne. Sie serviert im aufrechten Gang an einen runden Tisch mit 5 oder 6 Klostergästen. Nach meinen Beobachtungen ist es ein mehrgängiges Menü. Dies vermittelt mir einem mittelalterlichen Eindruck. Das hat Stil!

Ich gehe in die Stadt und esse einen Salat. Dann betrete ich die Kathedrale von Leon „Santa Maria". Die baulichen Anfänge sind aus dem 13. Jahrhundert. Sie ist eine Perle spanischer Sakralbauten mit ihren gotisch gestaltete Bögen und Kreuzgängen In dieser Vielzahl und Höhe kenne ich so etwas nur vom Kölner Dom. Die Proportionen beeindrucken mich.

Die großen Fenster sind filigran und mit einer unglaublichen Farbigkeit gestaltet. Ich habe die Kathedrale nicht betreten, um zu beten oder eine Kerze anzuzünden, sondern um auch hier die Baumeister des Mittelaltes zu bewundern.

Ich kaufe mir in einem der wenigen am Sonntag geöffneten Geschäfte eine neue Taschenlampe und ein Handtuch.

Montag, den 14.Sept. 2009: Von Leon nach Villa-dongos

Ich stehe um 7.00 Uhr auf. Ich möchte heute in Leon einen Ruhetag einlegen. Im Frühstücksraum geht es wegen der vielen Menschen turbulent zu. Nach dem Frühstück erwartet mich eine unangenehme Überraschung. Es werden um 8.00 Uhr alle übernachtenden Pilger durch einen lautstarken Klosterbruder harsch aus der Herberge gewiesen,

Auch wenn dies organisatorisch vielleicht notwendig ist, empfinde ich die Art und Weise unangemessen. Sie erinnert an einen Rauswurf. Aber es ist so, was nichts kostet, kann letztlich auch nicht zufrieden stellen. Einem geschenkten Gaul schaut man nicht ins Maul. Von der erbetenen Spende habe ich allerdings abgesehen.

Ich gehe fröstelnd durch die leeren Straßen. Die Kathedrale hat schon geöffnet. Ich gehe dort wieder hinein und bin erneut von den Proportionen beeindruckt. Einfach wunderbar. Nach einer halben Stunde stehe ich wieder auf der Straße und weiß nicht wohin.

Ich entschließe mich, Leon umgehend zu verlassen und gehe in Richtung Bahnhof. Man kann von dort nach Bario de la Estation fahren und dort den Camino kreuzen. Auf diese Weise umgehe ich das triste, langweilige Vorstadt-Gebiet westlich von Leon. Der Zug fährt erst in 2 Stunden.

Ich gehe in das Bahnhofs-Bistro, bestelle mir mein 2. Frühstück. Dadurch erwerbe ich mir das Recht auf einen Dauersitzplatz bis zur Zugankunft. Ich esse ein Bocadillo belegt mit Käse und Huhn, dazu trinke ich einen Milchkaffe.

Ich schreibe eine Anzahl von Ansichtskarten. Beklebe sie mit Briefmarken und schicke sie dann doch nicht ab. Ich überlege mir nämlich, dass ich bei anderen Gelegenheiten auch keine Karten schreibe. Die Angeschriebenen könnten meinen, ich würde mich nur mit meiner Wanderung besonders wichtig tun.

Als ich in Bario aus dem Zug steige, merke ich, dass der Ort nur aus dem Bahnhof und einigen Gewerbebauten besteht. Alles ist überwachsen und staubig. Es ist unglaublich warm. Dies alles erinnert mich an eine Filmkulisse für einen Western in der Prärie der Südstaaten von Nord-Amerika und zwar nach einem Sandsturm. Die Situation wird dadurch dramatisch, weil sich plötzlich, aus dem Nichts kommend, eine schwarz-farbige Dogge 10m vor mir knurrend aufstellt.

Da ich in meinem Leben noch keine schlechten Erfahrungen mit Hunden gemacht habe, bin ich ruhig auf den Hund zugegangen ohne ihn anzusehen, wohlwissend, dass ich noch meinen Wanderstab in der Hand hatte. Der Hund trollte sich und ich ging meines Weges ohne mich noch einmal umzuschauen.

Nach einer halben Stunde in nördlicher Richtung kreuze ich den Pilgerweg und treffe bald auf die Albergue de Peregrinos von Villadongos del Paramos. Die Rezeption ist nicht besetzt.

Eine Pilgerin ermuntert mich, erst einmal ein Bett zu belegen. Ich bin angenehm überrascht. Der Raum hat überhohe Fenster und ist mit freundlichen, hellen Farben gestrichen. Die Bettenzahl ist auf etwa 20 beschränkt.

Im Aufenthaltsraum ist ein Kamin installiert. Das Unterteil besteht aus einer aufgeschnittenen 100 ltr. Blechtrommel. Der Abzug ist aus Edelstahl. Die Firma Coca Cola weis, wo man Durst hat und hat einen Getränkeautomaten in den Vorraum gestellt.

Für die Wäsche benutze ich eine Waschmaschine und einen Trockner. Später bezahle ich mein Bett und erhalte meinen Stempel. Die meisten Gäste sind junge Frauen, sie sprechen überwiegend französisch. Mein nächstes Ziel ist die Stadt Astorga. Die Pilgerstrecke beträgt ca. 28 km.

Dienstag, den 15. Sept. 2009: Von Villadonga nach Astorga

Ich verlasse Villadongos del Paramos um 6.30 Uhr. Es ist trotz angezogenen Pullovers kalt. Ich philosophiere mit mir selber:

„Ich stelle fest, als ich heute morgen aufgestanden bin, war ich in der Gegenwart. Ich bin es jetzt während ich pilgere und ich bin es, wenn ich heute Nachmittag in Astorga sein werde. Wenn ich den ganzen Tag in der Gegenwart lebe, dann tue ich es auch die ganze Woche. Dies gilt auch den ganzen Monat, ja für das ganze Jahr. Mit anderen Worten die Gegenwart ist unendlich. Dies bedeutet letztlich, ich lebe im wahrsten Sinne des Wortes mein ganzes Leben in der Gegenwart. Ich frage mich, wozu sind dann noch Vergangenheit und Zukunft?

Nun, ich denke Vergangenheit und Zukunft sind nur Hilfskonstrukte des Verstandes und zwar recht jämmerliche. Alles was der Vergangenheit zugeordnet wird, muss nicht wahr sein, sondern ist eine subjektive Betrachtung in der Erinnerung unseres Verstandes. Das meiste verschwindet hinter dem Horizont des Vergessens. Deshalb brauchen wir so viele Listen, Register, Urkunden, Denkmäler, Museen und Archive um unseren Nachkommen überhaupt ein Geschichtsbild darstellen zu können. Was uns persönlich verbleibt, sind ein paar positive und mit zunehmenden Alter geschönte Lebenserfahrungen.

Auch zur Zukunftsbetrachtung kann der Verstand so gut wie nichts beitragen. Er produziert nur Zeit- und Organisationspläne und erzeugt Wünsche nach Macht und äußerem Reichtum („Meine Villa, mein Auto, mein Pferd, meine Yacht"). Er setzt damit unsere Persönlichkeit unter unnützen Stress. Es ist wenig was Bestand hat, allenfalls der Wetterbericht für die nächsten Tage. Nicht einmal die Ziffern für den Lottoschein des kommenden Wochenendes vermag die Zukunft richtig vorherzusagen.

Der Verstand versucht uns durch Nutzung der Begriffe Vergangenheit und Zukunft glauben zu machen, dass die Zeit einteilbar oder teilbar ist, aber sie ist nicht teilbar, sondern unendlich. Unser Leben hat mit der Schöpfung nur einen Berührungspunkt und zwar in der Gegenwart, weil die Gegenwart auch unendlich ist (siehe oben). Ich halte es deshalb mit den alten römischen Philosophen, die da sagen: „Carpe diem". Lebe den Tag.

Noch etwas. Für die meisten Menschen ist der Verstand, für sich selber und für alle anderen Menschen, das Mass aller Dinge. Wer einen ausgeprägten Verstand hat, wer ihn durch Schulung oder Studium gefördert hat, gilt als intelligent und und klug. Er ist geeignet für höhere Aufgaben und geniesst ein hohes Ansehen. Auch ich bin der Meinung, dass ein fähiger Verstand für das Leben äusserst förderlich ist.

Ich gebe allerdings zu bedenken, dass dieser nur ein Teil unseres Daseins darstellt. Denn wir werden in unserem Handeln zum überwiegenden Teil durch unsere Seele, unseren Geist, unsere Gefühle und unserem Bewusstsein bestimmt. Dies wird durch den Verstand negiert. Dies will der Verstand nicht wahr haben und behauptet, er sei der Herr unseres Geschickes.

Er teilt Unteilbares wie Raum und Zeit, weil er es anders nicht begreift, Er betreibt Wissenschaft und Forschung nach dem Ursprung von Leben und der Struktur der Materie, statt diese so zu erleben, wie die Schöpfung diese darstellt. Er neigt zu Hochmut, Macht und Gier. Er ist häufig unersättlich und kann nicht Wichtiges von Unwichtigem unterscheiden.

Wir selbst müssen uns dies deutlich machen und ihn zu etwas mehr Demut und Bescheidenheit drängen. Denn er ist nicht unser Herr, sondern nur Werkzeug unseres menschlichen Lebens.

Ich treffe einen jungen Spanier. Wir gehen bis Hospital de Orbico gemeinsam. Wir unterhalten uns in Englisch. Vor dem Ort überqueren wir den Rio Orbico über eine sehr lange und alte Steinbrücke.

Deren baulichen Anfänge stammen noch aus der römischen Besatzungszeit. Ich frühstücke ausgiebig im Vorgarten einer Gaststätte, die direkt an der anderen Seite des fast ausgetrockneten Flusses liegt. Dabei habe ich Schuhe und Strümpfe ausgezogen.

Weiter geht es zunächst immer entlang einer Autobahn. Erst bei San Justa geht es in die Landschaft. Ich sehe dort kleinblättrige Eichen und junge Anpflanzungen von Fichten. Der Weg selbst ist gekennzeichnet durch grobe Steine. Ich habe den Eindruck, dass es nirgends so viele Steine wie in Nordspanien gibt.

Nach einer langen Wegstrecke stehe vor einer aufwendigen Stahlbrücke, welche hilft mehrere Eisenbahngleise zu überqueren. Nach Auf- und Abstieg über die Brücke erreiche ich die Stadt und die Albergue de Peregrino.

Das Gebäude ist sehr alt, sicherlich mehrere Jahrhunderte. Ich habe Waschtag. Die Wäsche muss im Obergeschoss über Ziehleinen in den Innenhof gezogen werden. Mir erscheint der Ort hat mehr Geschäfte als Leon.

In jeden Fall bekomme ich hier endlich Briefmarken, Briefpapier und Umschläge. Dann kaufe ich im Supermarkt noch Äpfel, Obstsaft und Gebäck für die Wegverpflegung. Ich mag im Augenblick kein Wasser mehr. Als ich zurückkomme, ziehe ich meine Wäsche ein. Sie ist trocken bis auf das Frottee-Handtuch. Ich sitze im Aufenthaltsraum und möchte meine Füße und Beine durch einen dort tätigen, jungen Masseur massieren lassen. Es sind noch vier Peregrino vor mir, die das ebenfalls wollen.

Ich beobachte das Leben um mich herum, insbesondere auch die Menschen. Darunter auch Walter, offensichtlich der Schwarm mehrerer Peregrina. In Frankreich nennt man so einen Menschen Homme de femme, einen Frauenfreund. Er ist gross, gut aussehend, hat die Gabe Menschen für sich einzunehmen und viel lachen zu können. Er schlief im Bett über mir.

Wie ich später erfuhr, ist er 35 Jahre alt, und lebt als Deutscher verheiratet auf Teneriffa. Ich habe ihn später mehrfach wiedergetroffen und viel mit ihm diskutiert. Ich erinnere mich an seine Begeisterung für den lateinamerikanischen Schriftsteller Paulo Coelho. Ich habe seinen Roman „Der Alchimist" gelesen. Mein Sohn hat mir das Buch geschenkt. Ich erinnere mich an folgendes aus diesem Buch:

„Alles auf Erden hat eine Seele, egal, ob es sich um ein Mineral, eine Pflanze oder ein Tier oder lediglich um einen Gedanken handelt. Alles was auf Erden existiert, verändert sich ständig, weil die Welt lebt und eine Seele besitzt. Wir sind ein Teil dieser Seele, aber nur wenige wissen, dass sie stets für uns tätig ist."

Mitwoch, den 16. Sept. 2009: Von Astorga nach Rabanol

Eigentlich ist mein Tagesziel Foncebondon. Der Ort liegt auf einer Höhe von 1.420 m über dem Meeresspiegel und ist 27 km entfernt. Sollte dies wegen der deftigen Steigung zu anstrengend sein, werde ich in Rabanol de Camino übernachten. Dies erspart mir heute etwa 300 Höhenmeter.

Ich bin ich nur bis Rabanol gekommen. Ich habe festgestellt, dass ich langsamer als der Schnitt der Pilger gehe. Dies liegt sicherlich an meinem Alter. Ich gehe jedenfalls nicht schneller, als dies ein regelmäßiger Atem zulässt.

Manche überhole ich auch wieder, weil sie Probleme mit ihren Füßen oder Knien haben. Die gestrige Massage meiner Beine haben mir sehr gut getan. Zudem war sie mit 6€ äußerst preisgünstig. Ich habe nach wie vor keine Probleme mit Blasen an den Füßen, Gelenken oder der Wirbelsäule.

Auf dem Weg nach Rabanol in der heissen Nachmittagssonne vernehme ich innere Stimmen, die hören sich etwa so an: Großhirn an Kleinhirn: „Veranlasse Wasser lassen!". Nach einem Augenblick wieder, diesmal Kleinhirn an Blase: „Bitte Druck erhöhen, der soll endlich pinkeln!" Nach einer weiteren halben Stunde Herz an Großhirn: „Bitte unterrichte Kleinhirn, der soll endlich saufen, sonst haue ich ihn um!". Als demütiger Pilger bin ich der Anweisung der inneren Stimmen sofort nachgekommen.

Rabanol ist ein Bergdorf auf einer Höhe von 1.160 m ü.NN. Es ist Jahrhunderte alt und aus Felssteinen errichtet, die man in der Gegend findet. Rabanol ist eine Touristenattraktion. Ich sehe mehrere Reisebusse, die aus den umliegenden Tälern interessierte Menschen ins Dorf gebracht haben. Diese haben nun möglicherweise eine sehr romantische Sichtweise über den Camino.

Ich übernachte in der Albergue el Pilar. Sie hat einen eigenen Charakter. Man tritt in einen größeren Innenhof ein auf dessen rechten Seite sich eine Bar ähnlicher Tresen befindet. Dahinter agiert eine Frau und organisiert den Empfang.

Sie erinnert mich stark an Carmen aus der gleichnamigen Oper von Verdi. Sie ist attraktiv, einfach gekleidet mit großzügigem Dekolleté. Sie hat zu dem eine unüberhörbare und trotzdem angenehme, einnehmende Stimme. Ich erhalte meinen Stempel, eine Wolldecke und bekomme von ihr mein Bett gezeigt.

Ich komme mit Carlos ins Gespräch. Er ist Chirurg in einem Bundeswehrkrankenhaus in Süddeutschland. Geboren und aufgewachsen ist er in Bolivien. Er ist der Sohn einer Deutschen und eines Bolivianers. Wir gehen zusammen mit zwei Peregrina in einem benachbarten Restaurant zu einem besseren Abendessen. Die beiden Frauen sind sehr freundlich und bereichern unser Gespräch. Ich habe ihre Namen vergessen.

Carlos, aber auch die beiden Frauen empfehlen mir für die nächste Etappe das Gepäck bei einem Gepäckservice aufzugeben. Der Grund ist, dass die Strecke nicht nur eine Steigung von 300 m hat, sondern auch einen Halden-ähnlichen Abstieg mit Geröll nach Molinaseca aufweist. Ich habe natürlich Bedenken mein Gepäck in der vorgesehen Albergue in Molinaseca wieder vorzufinden. Die Zuversicht von Carlos macht mir Mut und ich entschließe mich zu dieser Erleichterung.

Donnerstag, den 17. Sept.2009: Von Rabanol nach Molinaseca

Es ist eine Strecke mit einer Höhenüberwindung auf 1.460 m. und starken steinigen Gefälle. Es geht vorbei an halbzerfallenen Bergdörfern. Die Landschaft wird allmählich freundlicher und zeigt sich in einer herbstlichen Farbigkeit. In dem Höhendorf Foncebandon beträgt die Temperatur nur 5 Grad Celsius.

Die Wirtin in Rabanol hat uns vorgewarnt. Sie hat uns empfohlen uns warm anzuziehen. Zur Kälte kommen häufig noch kräftige und natürlich feuchte Nebelschwaden. Von den Anhöhen blickt man nun auf eine anmutige Berglandschaft. In früheren Zeiten wurden hier eine große Anzahl von Goldmienen betrieben. Am Cruz de Ferro habe ich die Hochebene erreicht. Stolz lassen sich die Pilger dort fotografieren.

Mich bittet ein junges Paar aus Kiel um ein Foto. Wir fotografieren uns gegenseitig und stellen uns vor. Eine halbe Stunde später werde ich auf der parallel führenden Straße von ihnen überholt. Sie machen sich mit einem Ruf „Hallo, Erik!" bemerkbar. Ich bin erstaunt und erkenne die Kieler. Sie fuhr auf einem Fahrrad mit dem Gepäck. Er joggte neben ihr her. Später an einer Klause am Wegesrand treffe

ich sie wieder und frage ihn, ob er für einen Marathon trainiere.

Er antwortete: Nein, er sei schon ein Duzend mal einen Marathon gelaufen. Dies sei als Abschluss seiner Sportkarriere ein Dank an den Herrgott für seine sportlichen Fähigkeiten. Sie haben den Camino auf diese Weise in Rocesvalles in den Pyrenäen begonnen und wollen ihn so in Santiago beenden. 800 km im Dauerlauf. Meine Hochachtung.

Carlos, mit dem ich einige Stunden gehe, bittet mich plötzlich ihn allein gehen zu lassen. Ich glaube er hatte Tränen in den Augen. Später erzählt er mir, dass die vor uns liegende Gebirgslandschaft exakt der in seiner Heimat Bolivien entspricht, wenn man von der absoluten Höhe der Berge einmal absieht. Er wurde dort geboren, hat dort seine Kindheit verbracht und ist nie wieder dort gewesen.

Die Erinnerung machte ihn offensichtlich wehmütig. Auf meine Frage warum er nicht wieder seine Heimat besucht habe, antwortet er mir, dass in seiner Heimat jährlich fast 3.000 Menschen entführt werden, um Geld zu fordern. Er fürchtet nun, dass ihm eben dies dort zustossen könnte. Seine Eltern sind geschieden, seine Mutter lebt in Deutschland, sein Vater in Bolivien.

Ich durchquere zu meiner Überraschung ein längeres Waldstück. Nach 10 Minuten erreiche ich eine wunderschöne Lichtung. Sonnenstrahlen dringen durch die Kronen der Laubbäume. Auf der linken Seite befindet sich ein durch die Jakobus-Gesellschaft eingerichteter Rastplatz für die Pilger. Nachdem sich meine Augen an die Örtlichkeit gewöhnt haben, sehe ich Kenobi und telefonierend Leia im Hintergrund. Ich gehe auf die beiden zu, um sie zu begrüßen. Als wir zusammenstehen, höre ich einen Schuss. Er trifft mich am Kopf, ich falle ohne Besinnung zu Boden.

Als ich erwachte, berichtet mir ein deutscher Pilger, mich hätte nur ein Streifschuss am Kopf verletzt, die Blutungen seien gestillt und der Kopf provisorisch verbunden worden. Kenobi sei offensichtlich tot, seine Gefährtin in eine gefährliche Schockstarre gefallen und ohne Bewusstsein. Beide seien schon auf dem Weg ins Krankenhaus. Ich würde gleich durch ein zweite Sanitätsfahrzeug abgeholt. Die Polizei war bereits vor Ort.

Ich hebe mein verlorenes, schwarzes Klapphandy vom Boden auf und verstaue es in eine die Innentasche meiner Weste. Es ist mir beim Fallen aus der Tasche gerutscht.

Ich bin völlig verwirrt. Ich kann keinen klaren Gedanken fassen. Ich bemerke kaum, dass ich auf eine Bare gelegt und abtransportiert werde. Scheinbar bin ich stärker verletzt, als es für mich zunächst den Anschein hatte. Ich verliere wieder die Besinnung.

Als ich wieder aufwache, liege ich im Hospital de la Santa Maria in Villafranca. Die Schwester öffnet die Tür und betritt den Raum mit den Vernehmungsbeamten der spanischen Kriminalpolizei. Offensichtlich stand kein Dolmetscher für deutsch zur Verfügung oder sie hatten mich noch nicht als Deutschen erkannt.

Ich wurde auf englisch angesprochen. Ich mochte nicht sprechen. Sie fragten nach Namen und Heimat. Ich gab ihnen stumm meinen Personalausweis. Sie fragten nach meinem Wanderweg. Ich gab ihnen stumm mein „Credencial del Peregrino" in der alle meine Alberques mit Stempel eingetragen waren. Sie fragten nach meinem Gepäck. Ich gab ihnen stumm meine Transportvereinbarung zur Auberque San Roque. Sie fragten nach Feinden, sie fragten, ob ich einen Verdacht habe. Ich antwortete beides mit einem einfachen „Nein".

Sie baten mich auf die Polizeistation, sobald ich entlassen werde. Sie gaben mir ihre Visitenkarte. Ich weis nicht, ob ich mehr genervt war durch die vielen Fragen oder die Beamten durch meine Maulfaulheit. Dann verließen sie den Raum. Ich war allein und begann nachzudenken.

Wer war Ziel des Anschlags? Ich selber sicher nicht. Ich habe keine geschäftlichen oder private Feinde und absolut keinen Kontakt zum kriminellen Umfeld. Kenobi und Leia hatten einen psychisch verletzten und offensichtlich verschollenen Bruder bzw. Schwager. Doch wenn er lebte, wie sollte er wissen, dass die beiden in Spanien sind. Möglicherweise war es eine Verwechselung. Ich war genau so ratlos, wie wohl auch die Polizei.

Der Stationsarzt betrat mit einer Schwester den Raum. Sie entfernten vorsichtig den Kopfverband und die Pflaster. Der Arzt murmelte etwas auf spanisch, dass sich nach Gestik und Ton anhörte wie: „Man hat der Schwein gehabt!" Ich wurde nur noch mit einem Pflaster versehen und am nächsten Morgen entlassen.

Ich frühstückte noch in der Cafeteria und begab mich zur Polizei-Station. Ich traf Leia im Eingangsbereich. Sie berichtete mir vom Tot Kenobi. Er konnte nicht mehr gerettet werden. Er war schon im Krankenhaus nicht mehr am Leben und wurde zur Obduktion freigegeben.

Ich nahm sie tröstend in den Arm. Ich fragte sie, ob außer meiner Person jemand wüßte, dass sie sich in Spanien aufhielten? Sie sagte, auch sie hätte es sich gefragt. Ihr sei aber niemand ausser dem Buchungs-Personal im Reisebüro in Los Angeles eingefallen.

Wir wurden gemeinsam zur Vernehmung in einen gesonderten Raum gebeten. Dort wurden wir von einer auch deutsch sprechenden Beamtin verhört. Wir konnten jedoch keine der Aufklärung dienenden

Hinweise geben. Routinemäßig hinterließen wir unsere Fingerabdrücke und unsere Handy-Nummer. Ich bat darum, an den Tatort zurückgebracht zu werden. Die Polizei bat ihrerseits um einen gemeinsamen Ortstermin zusammen mit Leia.

Dort angekommen, rekonstruierten sie genau unsere Stellungen zum Zeitpunkt des Schusses, um so die Schusslinie zu bestimmen. Die anwesenden Beamten suchten nun mit dieser Information den Tatort nach der Schusshülse und vielleicht anderen Spuren. Jedoch vergebens.

Wir durften dann nach eigener Maßgabe unseres Weges gehen. Die Polizistin gab uns ihre Visitenkarte mit der Adresse der Polizeistation. Sie hieß Camilla, ihr Kollege Sergio. Camilla erschien mir sehr engagiert und etwas burschikos. Im Augenblick schaute sie sehr verärgert, da sie nicht in der Lage war, auch nur den leisesten Verdacht zu formulieren.

Ich bot Leia überflüssiger Weise an, mit mir weiter den Rest des Caminos zu begehen. Nein, sie wolle auf schnellsten Wege nach Hamburg, um ihren Schwiegervater zu berichten. Ich sagte, sie sei nicht zu beneiden und bat sie, ihm mein Beileid auszudrücken. Ich würde ihn unmittelbar nach meiner Rückkehr aus Spanien aufsuchen. Sie fuhr mit der Polizei zurück. Ich ging meines Weges Richtung Santiago de Compostela.

Dem später mir zugänglich gemachten Protokoll des Verhörs durch die Kriminalpolizei entnahm ich sinngemäß folgende Situationsbeschreibung:

Ein untersetzter Schütze, männlichen Geschlechts war offensichtlich bereits am 16. September vor Ort und hatte die Lichtung in Augenschein genommen. Er fand auf der gegenüberliegenden Anhöhe eine von dort gut einsehbare Schneise auf die Lichtung. Eine ideale Schussposition, lediglich etwas eingeschränkt durch das flimmernde Sonnenlicht, das durch das dichte Blättergewölbe der Laubbäume fiel. Er erwartete sein Mordopfer seit den Morgenstunden.

Nach dem finalen Schuss suchte und fand er die Patronenhülse, öffnete einen seinen Waffenkoffer, entfernte das Zielfernrohr aus dem Schlitten, drehte den Lauf aus dem Kolben, legte alles in die vorgeformten Mulden und eines Koffers. Er packte diesen in seinen Rucksack, setzte seinen Pilgerhut auf und begab sich etwa 3 Minuten nach dem Schuss auf den Weg in Richtung Westen.

Die Gefällestrecken sind wegen der groben Gesteine nur langsam und mit Vorsicht zu begehen. Bei tausend Schritten, kann man sich tausendmal den Fuß verstauchen. Etwas anderes als mindestens knöchelhohe, festgeschnürte Wanderschuhe sind hier nicht zu verantworten. Ich bin froh, dass ich das Gepäck aufgegeben habe. Auch mein Wanderstab ist mir eine gute Hilfe. In Molinaseca finde ich, wie bestellt, mein Gepäck in der Auberge San Roque. Der Herbergsvater beäugt mich interessiert, offensichtlich war die Polizei schon dort und hat, rechtmäßig oder nicht rechtmäßig, mein Gepäck untersucht.

Die Herberge ist lieblos und nicht sehr sauber. Bedauerlicherweise wird mir mein Wanderstab gestohlen. Die Herberge „Santa Maria" ist die bessere im Ort. Ich habe sie mir angesehen. Sie ist extrem sauber und hat Stil. Ich wasche meine Kleidung wie üblich und kaufe für den nächsten Tag ein. Ich finde einen Briefkasten und stecke endlich den Brief für meine Frau ein. Von dem Tatvorgang schreibe ich ihr nichts. Ich werde es in Hamburg erzählen. Er geht mir den ganzen Tag nicht aus dem Kopf.

Fr., den 19. 09. 2009: Molinasecca nach Villafranka

Molinaseea liegt etwa 10 km vor Ponferrada. Ich nehme den morgendlichen Schulbus bis Ponferrada Estationes und fahre von dort weiter mit einem anderen Bus bis Camponarya. zusammen ca. 30 km.

Die Pilgerung erfolgt nun durch das bekanntes Weinbaugebiet von Cacabelos. Ich esse die am Weg wachsenden Trauben. Sie schmecken so köstlich, wie die Kirschen aus des Nachbars Garten.

Etwa 3 km vor Villafranka mache ich, etwas abseits vom Wege in einer romantischen Gartenlaube Mittagspause. Ich bitte die ältere Seniora um eine Tasse Caffee con letche mit einem Tomatensalat. Die Tomaten haben einen Eigengeschmack, wie ich ihn nur aus meiner Kindheit erinnere. Eben Tomaten aus Mutter's Garten, hier angerichtet mit spanischen Olivenöl.

Ich erinnere mich an die beiden Gestalten, die ich im Central-Hotel in Santander während des Frühstücks getroffen habe. Ich erinnerte mich an die Gesprächsfetzen, die ich mitbekommen habe:

„Hülse suchen… nach Westen gehen… ich bin bei dir". Vielleicht war es ein Auftragsmord. Doch wer ist der Auftraggeber, wer ist das beabsichtigte Opfer? Zu dem sind solche Auftrags-Mörder in der Regel Einzeltäter.

Ich erreiche Villafranca erst am späten Nachmittag. Villafranca del Bierzo hatte als Etappenort zwischen zwei hohen Bergketten eine wichtige Funktion für die Pilger des Jakob-Weges.

Seit dem Jahre 1600 erhielten Kranke und Schwache in Heiligen Jahren hier nach Durchschreiten des Nordportals der Inglesia de Santiago den gleichen Ablass, wie am Grab von St. Jakobus in Santiago. Grund waren dafür die weiteren Anstiege auf die galizischen Pässe O Cebreiro, Alto San Roque und den Alto do Poio,

Diese konnten von alten und gebrechlichen Menschen nicht überwunden werden. Viele schafften es nur bis hier, um dann mit kirchlichen Ablass sozusagen selig zu sterben. Entsprechend groß ist der Friedhof.

Der Ort ist von Pilgern überlaufen. Ich habe Glück und bekomme in der Aubergue gegenüber der Inglesia de Santiago das letzte Bett. Es ist ein Notbett. Es bedurfte meiner ganzen Überredungskunst und die Bezahlung des doppelten Preises, um es zu bekommen Das Wetter ist sonnig und die abendlichen Temperaturen sind angenehm.

Ich gehe ins Zentrum um einzukaufen. Ich treffe dort auf Walter, natürlich mit zwei jungen, schönen Frauen, nämlich Ariane und Barbara. Wir konsumieren mehrere Glas Bier, erzählen uns unsere Erlebnisse, ich schweige über den Mordvorgang.

Sonntag, den 20.09. 2009: Von Villafranka nach La Laguna

Nein, ich bin nicht den Camino duro gegangen. Er gilt als eine schöne und romantische Wegstrecke, aber eben länger und versehen mit sehr steilen, anstrengenden Wegstrecken. Die Alternative, die ich beging, hatte aber auch ihre erheblichen Nachteile.

Der Pilgerweg teilte sich mit der Autobahn A6 und der Nationalstrasse N6 die Wegstrecke. Der Fußweg verläuft unmittelbar am linken Rand der viel befahrenen Nationalstrasse.

Er war zur Straße hin durch eine etwa 1 m hohe Barriere aus Betonfertigteilen abgetrennt. Durch die morgendliche Dunkelheit fahren viele Lastwagen mit Beleuchtung. Die Szenerie ist gespenstisch. Das Ganze wurde untermalt durch die Abroll-Geräusche des Verkehrs auf der hoch über dem Fußweg verlaufenden Autobahn. Ängstliche Menschen könnten in Panik verfallen.

Ich pilgere allein durch die Dunkelheit. Vor mir geht eine größere Gruppe, vielleicht 8 junge Menschen. Es sind Pilger aus dem katholischen Polen. Alle haben ihre Taschen-oder Kopflampen eingeschaltet.

Der Wiederschein aus etwa 60 m wirkt auf mich wie das Glimmen von Glühwürmchen. Dies erinnerte mich an eine Nachtwanderung während meiner ersten Klassenfahrt in die Lüneburger Heide.

Apropos polnische Pilger: Sie sind relativ zahlreich und pilgern fast ausschließlich in größeren Gruppen. Dies kann ich nur bei den Polen feststellen. Es führt zu einer gewissen Ausgrenzung. Einmal versuche ich ein Gespräch mit einem Bettnachbarn, er ist verdutzt und zurückhaltend, scheu. Ich vermute es sind Schwierigkeiten in der Verständigung, weil es keine gemeinsame Sprache gibt. Dies ist der

Fluch der babylonischen Verwirrung. Wikipedia entnehme ich dazu folgende Erläuterung:

Es wird ein gewaltiger Turmbau zu Babel erwähnt. Zur Strafe für die Vermessenheit der Regierenden, den Himmel oder Gott erreichen zu wollen, habe Gott die Menschen verwirrt und ihnen verschiedene Sprachen gegeben. Aufgrund dieser Sprachverwirrung mussten sie den Turmbau beenden. Diese Geschichte ist der Ursprung der Redensart: Babylonische Verwirrung.

Aber ich habe auch zwei junge Polen getroffen, die ganz anders waren. Sie hatten in Krakau Wirtschaftswissenschaft studiert. Danach haben sie keine Arbeit bekommen und sind nun stattdessen von Krakau auf dem europäische Jakobsweg über die Pyrenäen bis nach Leon gepilgert, wo ich sie das erste mal traf. Sie sprachen leidlich deutsch, waren freundlich, optimistisch, wie eben fröhliche Wandersleut.

In Astorga traf ich sie wieder, sie begrüßten mich mit einem freundlichem „Hallo, Erik!", was mich etwas beschämte, weil ich ihre beiden Namen vergessen hatte. Ab Astorga schrieb ich mir nun alle neu erkannten Namen in mein Handy.

Die aufgehende Sonne verdrängt zuerst die kalte Dunkelheit, dann die morgenfeuchte Dämmerung. Nach etwa 18 km verlasse ich den Beton bewehrten Pilgerweg und wende mich den Bergen zu. Zunächst erreiche ich das Dorf Ruitelan, wo ich die dringend benötigte Pause mache. Ich bestelle Kaffee und etwas zum Essen, ziehe mir in der Ecke der Terrasse Schuhe und Stümpfe aus und lege meine Füsse hoch.

Der folgende Teil der Bergstrecke hatte den Charakter einer schweizerischen Landschaft mit Viehwirtschaft und deutlich hörbaren Kuhglocken. Ich pilgere einsam, es sind keine Pilger vor oder nach mir erkennbar. Als ich an eine Weggabelung komme, an der beide abgehenden Strassen als Pilgerweg gekennzeichnet sind, kann ich mich nicht entschließen weiter zu gehen.

Ich setze mich an den Wegrand und warte auf einen Pilger, um mich mit ihm auszutauschen. Niemand kommt. Ich halte ein auf mich zufahrendes Off-Roader Fahrzeug an, um mit ihm zu klären, welcher Weg der bessere sei. Da er mich nicht verstand, haben wir uns nur über meine Gestik unterhalten, bis er mir durch seine Armbewegungen den Weg über La Laguna und nicht den über Faba empfahl.

Der nun folgende Weg ist steinig. Er hatte deftige Steigungen und forderte von mir das Letzte ab. Der Weg ist spärlich ausgezeichnet. Der Sonnenstand bestätigte mir die richtige Richtung, nämlich nach Westen. Die Ungewissheiten des restlichen Weges, ich meine seine Länge und Steigungen, zerren an meinen Nerven. In Laguna angekommen, bin ich 26 km gepilgert und habe 640 Höhenmeter überwunden.

Ich bekomme ein Bett in der Herberge „Bar Equella" und zwar in einem 4-Bett-Zimmer mit eigener Dusche. Dies ist für mich ein wirklich seltener Luxus. Welch ein Zufall, Walter hat auch ein Bett im gleichen Zimmer.

Ich zwinge mich zu dem üblichen Procedere: Ausziehen, duschen, Wäsche waschen und aufhängen, dann schlafe ich erschöpft zwei Stunden in meinem Bett. Danach setze ich mich auf der oberen Terrasse in die untergehende Sonne. Es ist ist kalt geworden. Ich schreibe mein Tagebuch. Später gehe ich mit Walter in die Bar. Wir essen Lassangne, trinken Bier und reden miteinander. Es ist ein Vergnügen ihm zuzuhören.

Montag, den 21.Sept. 2009: La Laguna nach Triacastela

Diszipliniert stehe ich um 6 Uhr auf. Ich habe inzwischen eine große Fähigkeit entwickelt mich leise und effektiv reisefähig zu machen. 6.30 Uhr verlasse ich das Haus, allein ohne Walter. Er gehört zur menschlichen Gattung der Langschläfer. Ich beneide ihn für seine Leichtigkeit und Frohsinn. Er ist nicht nur ein Homme de femme , sondern auch ein Bonvivant, eben einen Lebenskünstler. Er ist immer bereit für einen Flirt und tut immer gerade das, was er im Augenblick für richtig hält. Ich glaube er hat noch nicht einmal eine Tagesplanung in seinem Kopf. Ich verlasse La Laguna und gehe in die mit Morgennebel verhangene Dunkelheit. Ich halte die Taschenlampe in der Hand, um mich zu orientieren. Irgendwo hier passiere ich die Grenze der Provinz Kastilien und komme nach Galizien. Es ist immer noch Steigung angesagt.

Gelegentlich, wenn es der Nebel zulässt, sehe ich in die umliegenden Täler Galizien. Nach 2 km und Überwindung von 150 Höhenmetern erreiche ich eine gespenstische Kulisse. Bei dem letzten Anstieg erkenne ich durch die herbstlichen Laubbäume, in der durch Nebel verhangenen Dämmerung eine pflanzenbewachsene, etwa 3 m hohe und 30 m breite Mauer. Offensichtlich ein Kloster. Ich komme mir vor wie im Mittelalter.

Ich weis, wo ich dieses Bild schon einmal gesehen habe: Es war in dem Filmklassiker „Im Namen der Rose" nach dem Roman von Umberto Eco mit Sean Connery als Hauptdarsteller. Ein Film aus den 80er Jahren. Es fehlen nur die in braunen Kutten gekleideten Benediktiner-Mönche. Der Regisseur dieses Film ist der deutsche Bernd Eichinger, Er ist Deutschlands erfolgreichster Produzent und Regisseur nach dem 2.Weltkrieg. Ihm verdankt die Welt Filme wie „Das Mädchen Rosemarie", „Das Parfüm" und „Der Baader Meinhof Komplex". Er verstarb im Januar 2011.

Bei Licht besehen ist die Mauer die Rückseite der Kirche Santa Maria. Dies ist ein Sakralbau aus dem 12. Jahrhundert und die geschichtsträchtige Ortskirche von O'Cebreira. Der Ort ist traumhaft, in einheitlichen Felssteinen der Umgebung erbaut.

Vielfältig in seinen Formen und offensichtlich auch wieder touristisch erschlossen. Ich sehe die ersten mit Handtaschen versehenen Besuchergruppen. Nach einem ausgiebigen Frühstück verlasse ich das Bergdorf.

Ich befinde mich auf dem geografisch höchsten Punkt meiner Pilgerung. Von nun an geht's bergab. Dies ist auch ein Titel eines Chanson der deutschen Schauspielerin und Sängerin Hildegard Knef. Ich mag ihre Texte und ihre raue Stimme. Einen Liedertext möchte ich hier nicht vorenthalten. Die ersten zwei Strophen lauten:

Einsam bist du sehr alleine.
Aus der Wanduhr tropft die Zeit.
Stehst am Fenster.
Starrst auf Steine.
Träumst von Liebe. Glaubst an keine.
Kennst das Leben. Weist Bescheid.
Doch einsam bist du sehr alleine.
Glück ist ein verhexter Ort.
Kommt dir nahe. weicht zur Seite.
Sucht vor Suchenden das Weite.

Ist nie hier. Ist immer dort.
Stehst am Fenster. Starrst auf Steine.
Sehnsucht krallt sich in dein Kleid.
Und Einsam bist du sehr alleine.

Wenn ich von Hildegard Knef schreibe, komme ich nicht um hin, an Marlene Dietrich zu erinnern. Beide waren Weltstars in der Mitte des letzten Jahrhunderts. Ihr berühmtester Film ist „Der blaue Engel". Marlene Dietrich berühmtestes Lied heisst „Lilli Marlen". Ein Lied, dass die Sehnsucht der Deutschen während und nach dem 2. Weltkrieg nach Frieden, Zärtlichkeit und Liebe ausdrückt.

Marlene Dietrich emigrierte 1930 in die Vereinigten Staaten, und stellte sich engagiert und persönlich aktiv gegen den Nationalsozialismus. Sie wurde auf einer deutschen Briefmarke abgebildet und mit der Medal of Freedom, dem höchsten Orden des amerikanischen Kriegsministeriums für Zivilisten geehrt. Sie erhält von der französischen Regierung die Auszeichnungen Chevalier de la Légion d'Honneur und Officier de la Légion d'Honneur. Der französische Präsident Pompidou ernennt sie zum Commandeur der Ehrenlegion. Sie starb 1992 in Paris.

Bald passiere ich die etwa 4 m hohe Pilgerstatue von Alto de San Roque. Dann komme ich durch die Dörfer Padomelo, Bidoedo, Fillobeel, Ramil und dann nach Triacastela, wo ich mir eine Herberge suche. Der Ort ist hässlich. Ich suche mir ein annehmbares Restaurant. Ich bin enttäuscht: Das Pilgermenü ist lieblos zubereitet und wird hastig serviert. Es verdirbt mir die Laune, gern hätte ich mich beschwert, aber ich spreche die Sprache nicht. Am Ortsrand beginnen zwei Alternativen des Pilgerweges. Ich erkunde beide nach dem Essen, damit ich weis, wo ich morgen gehen werde.

Dabei entferne ich mich etwa ein bis zwei Kilometer vom Dorf. Ich komme dabei ins Grübeln und führe stille Selbstgespräche über das Gewöhnliche und das Außergewöhnliche. Ich nenne das, was ich dachte und hier niederschreibe eine Ehrerbietung, oder wie man im Französischen sagt, eine Hommage an das Gewöhnliche: Der Mensch hat versucht das Außergewöhnliche seiner ihm bekannten Welt zu kennzeichnen und auch zu klassifizieren. Manchmal machten sich diese Gedanken an Bauwerken fest, z.B an den „Sieben Weltwundern". Da sind die Pyramiden in Ägypten oder die Chinesische Mauer usw.

Zur heutigen Welt fallen mir Raketen ein, die zu den Planeten aufsteigen oder Flugzeuge die Tonnen wiegen, das Gewicht von Tonnen transportieren und trotzdem noch sicher fliegen können. Sicher gehören auch die Silhouetten von New York, Jakarta oder die Power-Türme von Dubai dazu. Alles dies sind Meisterleistungen des menschlichen Verstandes und der Ingenieurkunst.

Und nun der Vergleich mit dem Gewöhnlichen der Schöpfung. Als Beispiel nehme ich die Rotbuche vor unserem früheren Haus in Hamburg-Berne. Sie ist ungefähr 20 m hoch, mit einem Stammdurchmesser von ca. 30 cm und ist mit einer ausgewogenen Baumkrone versehen.

Wurzeln, Stamm und Äste bilden ein kompliziertes System einer Baustatik, die ihresgleichen sucht. Es berücksichtigt die Wind- und Schneelasten. Jeder Abzweig hat eine Entsprechung auf der anderen Seite des Stammes oder auch gleich in den Wurzeln. Tausende Meter Drainageleitungen führen von dem Wurzelwerk in jedes der Spitzen von Abertausenden von Blättern.

Für das Frühjahr und für den Herbst entwickelt der Baum seinen eigenen Algorithmus. Er misst Temperatur, Windstärke, Feuchte und Helligkeit, vergleicht die Werte mit den vorhergehenden Jahren und bildet zum richtigen Zeitpunkt innerhalb von 14 Tagen sicherlich 40.000 Blätter, hellgrün, und gezackt nach Art der Buche, eins wie das Andere und doch jedes individuell.

Rechtzeitig im Spätherbst verfärbt die Buche die Blätter erst rötlich, dann gelb und läßt sie dann von den Ästen fallen, um den Herbststürmen keinen Widerstand zu geben. Letztlich schreibt der Baum sich seine eigene Geschichte in Form von differenziert ausgebildeten Baumringen in den Stamm.

Der Baum ernährt sich von Wasser und Sonnenlicht, nimmt das Kohlendioxyd seiner Umgebung auf und gibt den für den Menschen lebensnotwendigen Sauerstoff ab. Dabei wächst er jedes Jahr um 20 cm in die Höhe. Ich bin stolz auf diesen Baum, denn ich habe ihn gepflanzt.

Bedauerlicherweise sehen unsere Augen die Natur in der Regel „oberflächlich", das heißt nur zweidimensional. Der Verstand reduziert unsere Vorstellung lediglich auf einen Begriff. In diesem Fall auf den Begriff Baum. Dabei gehen die phänomenalen Leistungen der Schöpfung in unserer Fantasie verloren.

Ich möchte die Leistung menschlicher Werke nicht schmälern, aber ich möchte sie mit diesen Zeilen relativieren. Meistens ist das Gewöhnliche das Außergewöhnliche. Mit diesen Gedanken gehe ich in die Herberge schlafe.

Samstag, den 22. Sept. 2009: Von Triacastela nach Sarria

Ich nehme die nördliche, kürzere Strecke in Richtung Sarria. Ich verzichte auf den Umweg über Samos und dadurch auf die Besichtigung des Klosters San Xulian.

Die ursprünglichen Anfänge dieses Klosters gehören zu den ältesten, sakralen Bauten der Christenheit. Sie liegen deutlich vor der ersten Jahrtausendwende. Ab etwa dem Jahre 1250 diente das erweiterte Bauwerk als Benediktinerkloster.

Der Weg ist gut ausgezeichnet und wird vor mir schon von anderen Pilgern begangen. Die Sonne zeigt sich am Horizont. Die Landschaft ist wunderschön. Es sieht so aus, als hätte der Wind einige Wolken in den Tälern Galiciens vergessen. Der Mond wird blass und verschwindet als Sichelform am Horizont. Natürlich weis ich, dass unser Erdtrabant eine Kugelform hat, sehen kann ich aber nur die Sichel.

Meistens aber nehmen wir das, was augenschein-
lich ist, das heißt was wir sehen, als die Wahrheit an.
Das ist sie aber nicht. Matthias Claudius, ein norddeutscher Heimatdichter drückt dies wie folgt aus:

Siehst Du den Mond dort stehen, er ist nur halb
zu sehen und ist doch rund und schön. So sind wohl
viele Sachen, die wir getrost belachen, weil unser
Auge sie nicht sieht.

Die nächste Gelegenheit für mein Frühstück
lässt lange auf sich warten, erst in Furela bekomme
ich meine Tassa con letche, maximum. Es ist dort
sehr voll und ich muss warten.

Nach einer Stunde breche ich auf und laufe
durch mehrere kleine Dörfer in Richtung Sarria.
Erwähnenswert sind die vielen Hohlwege, die durch
den Baumbewuchs gebildet werden. Ich habe selten
so etwas romantisches gesehen. In Sarria lasse ich
mich nicht durch die vielen Herbergen am Stadtrand anlocken, sondern marschiere strickt den gel-
ben Hinweispfeilen auf die Kirche des Ortes zu.

In der Nachbarschaft der Kirche befindet sich
die offizielle Herberge. Es ist 12.30 Uhr, sie ist noch
geschlossen. Es warten etwa 30 Pilger vor der geschlossenen Tür. Um 13.00 Uhr wird geöffnet. Die
zeitliche Rangordnung der Pilger ergibt sich durch
das in Reihe abgestellte Gepäck. Ich hinterlasse meines vorsorglich am Ende der Rucksack-Schlange und
suche nach meinen schlechten Erfahrungen von

gestern eine bessere Alternative. Tatsächlich befinden sich oberhalb der Kirche 3 oder 4 private Herbergen, die einen guten Eindruck auf mich machen. Ich entscheide mich für die Aubergue International.

In der Rezeption spricht man trotzdem weder deutsch noch englisch, aber ich bin vom Komfort und Sauberkeit angenehm überrascht. Das doppelte des üblichen Preises ist mir das wert. Ich hole mein Gepäck, richte mich ein, ziehe mich aus, dusche, benutze die Wachmaschine und den Tümmler, dies ist wohl für mich die letzte grosse Wäsche vor Santiago.

Ich sitze nun im Innenhof und esse den Kuchen aus meiner Tagesverpflegung und schreibe das Tagebuch. Ich rufe meinen Sohn an und bespreche das Prozedere meiner Rückreise nach Hamburg. Er wird die notwendigen Order vornehmen. Dies ist für mich eine große Hilfe und lässt mich den Rest meiner Reise gut disponieren.

Im Restaurant der Herberge bietet man wieder ein Pilgermenü an. Wegen meiner schlechten Erfahrungen von gestern, gehe ich lieber in den Ort und bestelle mir eine Pizza und ein grosses Bier. Glücklicherweise hat es heute nicht geregnet, obwohl es den Anschein hatte. Die Tagesstrecke belief sich auf 21 km.

Montag, den 23.Sept.2009: Von Sarria nach Portamarin

Mein Ziel ist die Stadt Portomarin, ungefähr 23 km entfernt. Meine Streckenkarte weist mehrere Destinationen für meine Frühstücks- und Mittagspause aus. Es ist feucht und nebelig, doch es regnet nur wenig. Die Landschaft ändert sich. Sie wird nun durch Getreideanbau und Viehwirtschaft geprägt. Die Felder sind mit Steinmauern eingegrenzt.

Ich frage mich, warum sich die Menschen der vorhergehenden Jahrhunderte sich so große Mühe gemacht haben, um ihre Felder zu begrenzen. Warum haben sie nicht einfach so genannte Knicks, wie bei uns z.B. in Norddeutschland angelegt?

Ich bekomme den Mord nicht aus meinem Bewusstsein. Immer wieder vergegenwärtige ich mir der Ablauf, immer wieder suche ich nach einem Motiv. Ich schreibe davon nichts mehr in mein Tagebuch. Ich versuche den Vorfall zu vergessen, zu verdrängen, aber es gelingt mir nicht. Es macht mich schier verrückt. aber es sollte zwei Tage später noch viel schlimmer kommen.

Ich kann meinen morgendlichen Kaffee in Barbadelo trinken. Am Mittag, etwa 5 km vor Portomarin finde ich eine wunderschöne Terrassenbar. Ich trinke dort ein großes Bier. Dafür setze mich mutig an einen Tisch mit einem ganz besondern Pilger. Ich habe ihn vorher schon mehrere Male gesehen. Wir nennen uns unsere Vornamen, er heißt Alex. Er ist schlank, bärtig, trägt einen breit-randigen Lederhut und eine Lederweste. Er macht einen sehr lässigen Eindruck mit leicht geschlossenen, aber wachen Augen und leicht spöttischen Mundwinkeln.

Er wirkt auf mich sehr authentisch und keineswegs verkleidet. Er ist freundlich, aber nicht sehr gesprächig. Ich bin voller Respekt. Er erinnert mich verblüffend an Mick, dem Hauptdarsteller aus der Filmkomödie „Crokodile Dundee". Dort wird ein elternloses, weißes Kind im australischen Outback von Aboriginals zu einem Naturburschen großgezogen. Er wird dann nach New York eingeladen, um sich dort mit den Eigenarten der Zivilisation auseinanderzusetzen.

Alex sieht genauso aus, doch er kommt nicht aus Australien, sondern aus Norwegen. Er lebt dort an einem Fjord und ernährt sich vom Fischfang, den er an die Postschiffahrts-Reederei Hurtigruten ASA verkauft.

Wir sehen uns nun fast jeden Tag, das heisst aber nicht, dass wir zusammen pilgern, auch treffen wir keine Verabredungen. Wir überlassen alles dem Zufall.

In Portomarin bekomme ich ein Bett in der Nähe der örtlichen Kirche. Es ist eine Großherberge. Das Haus gefällt mir nicht. Alex, den ich beiläufig treffe, sagt, ich solle bleiben, der Ort sei durch Pilger völlig überfüllt. Also bleibe ich.

Dienstag, den 22. Sept. 2009: Von Portomarin nach Palas de Rei

Da mir am Morgen der Massenauftrieb in der Herberge nicht gefällt, bin ich schon um 5.30 Uhr aufgestanden. Etwas früher machte sich eine Frau, ein paar Betten weiter, für den Aufbruch fertig.

Ich beobachtete sie. Sie erinnerte mich an die Kunstfigur „Lara Croft" aus dem Computerspiel „Tomb Raider". Darin ist Lara Croft die Tochter eines berühmten Archäologen und verfolgt die Bösewichter dieser Welt. Sie ist groß, schlank und hat lange, nackte Beine, eng gebundene, lange Haare und eine große Oberweite. Sie trägt am Gürtel, in Höhe der Oberschenkel, jeweils eine Waffe und dazu hochgeschnürte Stiefel.

Meine Nachbarin ist ebenfalls groß, trägt enge Jeans an ihren langen Beinen, auf dem Kopf trägt sie eine weiße Schirmmütze mit einer Stirnband-Taschenlampe. Am breiten Gürtel hängen links und rechts jeweils eine Tasche. Ihre Bluse ist figurbetont und ihre Schuhe sind gleichfalls bis über die Knöchel geschnürt. Ihr Rucksack ist prall gefüllt. Sie trägt ihren Wanderstock unter dem Arm wie eine Maschinenpistole. Ohne Frage, eine attraktive Frau.

Dies sind meine Gedanken als ich noch arg verschlafen meine Sachen zusammen suche. Ich verlasse die Herberge wohl eine Viertelstunde später als Lara Croft. Ich wende mich nach Westen und gehe die Hauptstraße in der Dunkelheit hinunter mit dem Tagesziel Palas del Rei.

Am Ende der Strasse sehe ich Lara stehen und zwar etwas unentschlossen, wohl auf etwas wartend. Mit ihr auf gleicher Höhe spricht sie mich an und fragt mich in holprigen Englisch, ob wir die nächsten Stunden durch die Dunkelheit gemeinsam gehen könnten, denn sie fürchte sich vor Belästigungen. Das war Labsal für mein Ego und erweckte bei mir Beschützer- Instinkte.

Lara hieß eigentlich Christiane und kam aus Kanada, genau genommen aus Quebec. Sie war älter als sie aussah, nämlich 60 Jahre alt. Sie arbeitete dort als Kindergärtnerin, ihr Hobby sei, so erzählt sie, das Bergwandern. Sie ist mit ihrem Mann in Santiago für eine Spanienrundreise verabredet. Was mich erstaunte war, dass man scheinbar im frankophonen Quebec nicht einmal fließendes Englisch spricht.

Ihr Wandertempo macht „Lara" alle Ehre, es bringt mich allerdings ausser Atem. Nach 2 Stunden ist es wieder hell. Ich schlage ihr vor uns zu trennen, damit jeder seinen eigenen Rhythmus gehen kann. Wir trennen uns freundlich mit einem „Buon Camino". Ich passiere die Dörfer Gonzar, Hospital, Vendas, Ligonde, Lestedo und O Rosario. Nach 25 km erreiche ich Palas de Rei etwa um 15.00 Uhr.

Die offizielle Herberge am Ortseingang öffnete erst um 16.00 Uhr. Ich treffe Christiane wieder. Wir haben beide keinen guten Eindruck von der Herberge. Wir beschließen gemeinsam weiter in den Ort zu gehen und etwas besseres zu suchen. Ich schlage vor, in einer nahegelegenen Pension einmal nachzufragen.

Tatsächlich bietet man uns dort das letzte 3-Bettzimmer an. Christiane ist einverstanden, es gemeinsam zu nehmen. Ein Narr, wer Schlechtes dabei denkt. Wir zahlen „Dutch", d.h. jeder die Hälfte, nämlich 20€. Wir machen uns landfein und gehen zusammen essen. Ich binde mir vorsorglich wegen der Abendkühle meinen roten Pullover um die Schulter. Ich rufe meinen Sohn an, damit er mir den Rückflug von Santiago nach Hamburg bestätigt.

Nach dem Essen treffen wir auf dem Marktplatz Walter mit zwei deutschen Studentinnen. Ich stelle Christiane vor, was meine Reputation bei dem Frauenfreund Walter enorm steigert. Ich trinke mindestens 3 Bier, wobei dann jeder eine Runde ausgegeben hat. Wir plaudern und lachen bis in den späten Abend.

Nein, wirklich locker war ich nicht. Ich war eher abwesend. Selbst wenn ich lachte, hatte ich immer diesen verfluchten Mord im Hinterkopf. Mich quälte, dass ich mit niemanden darüber sprechen konnte.

Mittwoch, den 24. Sept. 2009: Von Palas de Rei nach Arzua

Wieder pilgere ich mit Christiane durch die Dunkelheit, wieder trennen wir uns nach der der Dämmerung. Ich durchwandere Campanilla und mache mein spätes Frühstück in Melide. Ich werde ärgerlich mit mir selber, als mir bewußt wird, dass ich gestern Abend meinen roten Pullover im Restaurant vergessen habe. Das macht mir schlechte Laune. Ich sage mir dann aber „Don't worry, be happy", Verluste sind immer.

Und hier passierte es wieder. Es wurde erneut auf mich geschossen. Wieder war es eine Lichtung. Wieder wurde ich nicht getroffen. Der Schuss traf einen solitären Baumstamm in meiner unmittelbaren Nähe.

Ich ließ mich geistesgegenwärtig fallen. Unverletzt auf dem Boden liegend entschloss ich mich nicht aufzustehen, um so den Schützen einen finalen Schuss vorzutäuschen.

Es war zum Zeitpunkt des Schusses niemand weiter auf der Lichtung. Ich befürchtete der Schütze würde sich persönlich von seinem Erfolg überzeugen wollen, was fatale Folgen haben könnte. Trotzdem entfernte ich mich nicht, sondern blieb wie tot liegen. Gott sei Dank versuchten sich nach wenigen Minuten drei Pilger mit Wiederbelebungs-Versuchen. Ohne Erfolg.

Sie bemerkten jedoch meinen Herzschlag und riefen über ein Handy die Polizei. Sie diskutierten offensichtlich über den Standort des Geschehens. Wohl mit Erfolg, denn nach ca. 10 Minuten erschien ein Kratt-Fahrer der Polizei und kurz danach ein Mitarbeiter der Kriminalpolizei.

Ich ließ mich weiterhin nichts anmerken. Erst im Sanitäts-Fahrzeug gab ich erste Lebenszeichen von mir. Im Ärztehaus in Rivaldis gab ich mein Schauspiel auf, suchte die Visitenkarte der Polizei von Villafranca in meinem Brustbeutel, bat diese zu unterrichten und niemanden wissen lassen, dass ich unverletzt bin, dies sei für mich überlebenswichtig.

Ich lag in einem Notbett. Dieser Mordversuch war das absolute Chaos für meinen Verstand. Ich war durch die Adrenalin-Stöße meines Körper zu keinem klaren Gedanken fähig. Ich war voller Wut und Empörung, auch weil ich keine Antworten auf meine Fragen fand, nicht einmal einen Verdacht konstruieren konnte. Aus welchem Grund wurde auf mich geschossen? War ich vielleicht schon das vorgesehene Opfer des ersten Anschlags? Warum schoss dann der Täter, Gott sei Dank, so mies?

Ich bat den behandelnden Arzt um eine Beruhigungsspritze oder um eine Schlaftablette. Beides wurde mir verweigert, wahrscheinlich, weil die Kriminalpolizei auf dem Weg nach Rivaldi war. Mein sowieso mieses Englisch war wie weggeblasen, eine Verständigung war kaum noch möglich. Wahrscheinlich konstatierte der Arzt auf Grund des Ereignisses einen Schock.

Das war es dann wohl. Ich meine mein pilgern auf dem Camino. Ich versuchte durch eine Entspannungsübung meine Gedanken zu richten und zu beruhigen. Ich erinnerte mich an eine Meditationsübung und legte mich flach auf den Rücken, drehte meine Arme mit den Hand-Innenflächen nach oben neben den Körper, versuchte gleichmäßig tief durchzuatmen und mich nur auf das Atmen zu konzentrieren. Tatsächlich schlief ich dann nach zwei Duzend Atemzüge, wohl auch wegen meiner Erschöpfung, ein.

Geweckt wurde ich dich die Kriminalbeamten Sergio und Camilla aus Villafranca. Ich erzählte das Wenige was ich erzählen konnte und warum ich den „toten Mann" vortäuschte. Camilla lobte mich wegen meines umsichtigen Verhaltens und bat alle Beteiligten mit niemanden über meinen Zustand zu reden. Sie wollten vor der einbrechenden Dunkelheit noch einmal an den Tatort fahren, um Indizienbeweise zu sichern. Sie sagten, sie würden am nächsten Morgen wiederkommen. und wiesen mich an, das Zimmer nicht zu verlassen.

Ich bekam meine Beruhigungsspritze und zwei Schlaftabletten auf den Nachttisch gelegt. Vor meinem Zimmer stand ein Ortspolizist, das Fenster wurde verdunkelt. So beruhigt schlief ich bis zum nächsten Morgen.

Als ich erwachte, galten meine ersten Gedanken nicht dem Täter, sondern der Frage, ob ich weiter pilgern oder ob ich mich umgehend nach Hamburg begeben sollte. Ich entschloss mich gegen die Vernunft die restlichen 3 Tage nach Santiago zu pilgern. Ich bereitete mich auf das Gespräch mit den Kriminalbeamten vor, die mir sicherlich den Abbruch empfehlen werden.

Die Beamten erschienen am späten Vormittag. Sie erzählten, dass für beide Vorfälle wohl derselbe Täter verantwortlich ist. Auch wenn die Hülsen nicht gefunden wurden, handelt es sich bei der Munition um Patronen des Typs 8*57 GECO die häufig auch bei Sportschützen Verwendung findet. Eine Bestätigung würde aber erst nach der Laboruntersuchung in Leon erfolgen.

Sie hätten über mich, Anakin und Leia Erkundigungen aus Deutschland eingeholt, um möglicherweise Hinweise auf ein Mordmotiv zu erhalten, aber wie ich mir denken könne ohne Erfolg. Sie müssen davon ausgehen, dass ich einer Verwechselung zum

Oper gefallen bin. Im übrigen hätte ich mein Leben einer Krähe zu verdanken, der in die Geschosslinie geflogen ist. Man hat sie zerschossen in etwa 15 m von meinem Standort gefunden. Sie zeigten mir ein Bild.

Als Täter kämen mafiose Kreise in Frage, die es auch in Spanien gäbe oder auch Täter aus der Separatisten-Bewegung Kataloniens kämen in Frage. Sie empfahlen mir mit Nachdruck den Abbruch meiner Reise, um mich nicht weiter zu gefährden.

Ich bat sie sich zu verdeutlichen, dass ich weit über 1.000 km gereist und gepilgert bin, um in der Kathedrale von Santiago zu beten und Gott um Vergebung meiner Sünden zu bitten. Ich würde den Camino deshalb auch die letzten 50 km bis zum Ende pilgern. Für diesen Fall, so sagten sie, wären sie bereit mich auf Kosten des spanischen Staates bis zur Plaza Obradoira vor die Kathedrale zu fahren.

Ich lehnte auch dies mit gespielter Empörung ab u.z. mit dem Hinweis auf die Regeln der Katholischen Kirche, die das Autofahren als Pilger nicht gestattet. Ich versprach mein äußeres Outfit so zu verändern, so dass ich vom Täter kaum wiedererkannt werden könnte. Sie verwiesen auf meine uneingeschränkte Verantwortung für mein Handeln. Die Verabschiedung verlief eher kühl. Ich bat den Arzt um Gastrecht' für eine weitere Übernachtung.

Ich schlief in einem 2-Bett-Zimmer. Mein spanischer Zimmer-Nachbar sprach Deutsch. Er arbeitete in den 70ger Jahren als Gastarbeiter in Bad Schwartau bei Lübeck. Seine Kinder haben nun die Deutsche Staatsbürgerschaft. Seine Frau verstarb frühzeitig. Ihn selber zog es wieder in die spanische Heimat.

Er laß in der Tageszeitung El Mundo und berichtete mir daraus über die steigende Population von Wölfen in Kastilien. Bei einem Dorf nicht weit von Palace de Rei wurden 2 Schafe in unmittelbarer Nähe einer Kinder-Tagesstätte gerissen. Man verdächtigte Wölfe, ohne es beweisen zu können. Dies führte zu einer aufgeregten öffentlichen Diskussion.

Dieser Vorgang machte mich nachdenklich und führte bei mir zu einem allegorischen Vergleich. Es schien mir ein wolfsähnliches Verhalten zu sein, was zu dem Mord bzw. dem Mordversuch geführt hat. Mir war, als hätte der Mörder oder die Mörder die Spur am Beginn meiner Reise aufgenommen, um mich den Verwechselten heimlich zu verfolgen und dann an einem geeigneten Ort schlagartig zu töten. Dem Wolfs-Verhalten ähnlich, verschwanden sie wieder ohne auch nur die geringste Spur zu hinterlassen.

Aber es waren keine Wölfe, es waren Menschen, die mich verfolgten. In diesem Fall war der Mensch des Menschen Wolf. Homo homini lupus.

Ich veränderte meine äussere Identität. Ich entledigte mich meines Pilgerhutes, kramte meine Jeans-Mütze aus meinem Rucksack und krempelte meine Hose kniehoch auf. Nach einem ausgiebigen Frühstück mache ich mich nachdenklich besorgt auf den Weg.

Über Rivadis erreiche ich nach einer Wegstrecke von 30 km über Palace del Rei mein Ziel, die Stadt Azua, natürlich zwei Tage später als vorgesehen. Ich finde eine sehr schöne Herberge. Sie ist empfehlenswert. Ich habe mir den Namen aufgeschrieben: Aubergue Via Lactea,

30 km ist die längste Wegstrecke die ich bisher gegangen bin. Die Steigungen und das Gefälle waren moderat, trotzdem empfand ich sie trotz der Unterbrechung als äußerst anstrengend. Ich denke,

es war psychisch und körperlich mehr als ich eigentlich verkraften konnte. Morgen werde ich nur bis Petrouzo pilgern, dass sind höchstens 20 km.

Notice: I met „Lara" in Arzua, together with a young man. A little bit fat and half a head shorter than she. They chattered in French. I asked Lara about her Albergue. She showed me the way. I said to her, „Thank you, by by and see you later". But I never have seen her again.

Donnerstag, den 26. Sept. 2009: Von Arcua nach Petrouzo

Das Prozedere ist das gleiche, wie an den Vortagen. Zuerst gehe ich wieder durch Hohlwege, die im schwachen Licht der Taschenlampen abenteuerlich aussehen. Später in der langsam aufgehenden Sonne, sehe ich mehrere schöne Villen, die mich an Schweizer Charlets erinnern. Ich bin hoch sensibel und mistrauisch in Bezug auf „Wegelagerer", aber meine Angst und Bedenken halten sich in Grenzen.

Im Caffee Empalme treffe ich einen deutschen Pilger aus Bonn am Rhein. Er stellt sich mir als Heinrich vor. Er wurde vor einem viertel Jahr pensioniert. Er war Bauhandwerker machte einen kräftigen und zähen Eindruck. Er ist die gesamte Wegstrecke von Bonn aus gepilgert, das waren nach seinen Angaben mehr als 2.200 km in 100 Tagen, also war er schneller und weiter gelaufen als „Maria und Josef". Er hatte auch keinen Esel, sondern ein ganz besonders Gefährt, das schwer zu beschreiben ist.

Es ähnelt einem Sulky, wie er bei Pferde-Trabrennen verwendet wird. Dieser Sulky hat eine doppelte Deichsel und dazwischen im hinteren Teil einen Kastenwagen für sein Gepäck mit ca. zwei 18 Zoll großen Speichenrädern. Die beiden vorderen Deichsel-Enden hat er mit Karabinerhaken an seinen breiten, mit Schultergurten versehenen Gürtel befestigt. Auf diese Weise transportiert er 30 kg mit Zelt für Übernachtungen. Mit diesem Gerät schaffte er im Schnitt 22 km am Tag. Eine wahrhaft teutonische Leistung.

Die letzte Wegstrecke nach Petrouzo führt wieder neben einer viel befahrenen Straße entlang. Ein langweiliger Pilgerweg. In Petouzo lasse ich die Albergue de Peregrino links liegen.

Ich nehme ein Bett in der Albergue Porta de Santiago etwas weiter die Straße hinauf auf der rechten Seite. Die Albergue ist komfortabel und offensichtlich durch einen Innenarchitekten, sehr gekonnt gestaltet. In der Mitte der Herberge befindet sich ein mit Glas verkleideter, etwa 3 m x 3 m großer Lichthof, auf dessen Innenseite ein Baum gepflanzt und ein Springbrunnen installiert ist.

Über eine Akustik-Anlage werden die Schlaf-räume leise mit angenehmen, aber von mir als weh-mütig empfundenen spanischen Fado-Klängen be-schallt. Ich sitze wohl eine halbe Stunde wortlos und nachdenklich auf der Bettkante. Ich weiß nun was Menschen empfinden, die ein aussergewöhnliches und persönliches Ereignis aus der Bahn geworfen haben.

Die Betten sind aus Holz und nicht aus Stahl-rohr. In der Rezeption erhalte ich eine gut brauch-bare Stadtkarte von Santiago und einen Flyer über das dortige Pilgrims Hotel: „Seminario Menor". In der Nachbarschaft befindet sich ein Supermarkt, wo ich einkaufe. Auf der gegenüberliegenden Straßen-seite sehe ich drei Restaurants, in einem werde ich heute Abend essen gehen.

Gegen 19.00 Uhr schlendere ich an den Gast-stätten des Ortes vorbei um mir einen Platz für das abendliche Essen zu sichern. Ich bemerke Alex. Der Norweger winkt mir zu, um mich an seinen, im Außenbereich stehenden Tisch zusetzen. Ich erlau-be mir ein Rumpsteak mit einer Kartoffel und Salat, dazu ein großes Bier. Es schmeckt mir ausgezeich-net, auch wenn der Standard nicht dem entspricht, was ich von zu Hause kenne.

Wir plaudern über Norwegen und Deutschland, über das Fischen von Lachs, Dorsch und auch über den Walfang. Beim letzteren sind wir einer Mei-nung, dass dies eine Sünde der Menschen sei.

Ich war nahe dran Alex von den Mordvorgängen zu berichten. Ich brauchte dringend jemanden mit dem ich darüber reden konnte. Aber mein Verstand sagte mir, Alex ist die ganzen Tage zeitlich gleich mit mir den Camino gepilgert. Er wollte immer allein gehen. Er könnte der Täter sein. Ich habe mich später im Bett für diese Gedanken geschämt, denn mein Gefühl sagte mir, Alex ist mein Freund und niemals der Täter. Scheiß Mistrauen.

Ich bin dem Zufall dankbar, wieder auf Alex getroffen zu sein. Auch wenn ich mit ihm nicht über die Ereignisse der letzten Tage spreche. Das Zusammensein mit ihm bindet meine Gedanken.

Er erzählt mir, dass er vor ca. einem viertel Jahr angefangen hat spanisch zu lernen. Er hat auch jetzt sein umgangssprachliches Lehrbuch auf dem Tisch liegen. An unserem Nachbartisch sitzen fünf oder sechs etwas ältere, spanische Frauen, die wortreich und fröhlich miteinander kommunizieren. Alex spricht sie an. Sein etwas holpriges Spanisch löst Lachen aus, er kommt ins Gespräch. Für ihn ist es eine hervorragende Gelegenheit, sein Spanisch zu üben. Er macht sich den Spass an einzelne Damen aus seinem Lehrbuch Fragen zu stellen wie : „Gehst Du morgen mit mir tanzen?" oder „Bist Du auch so einsam wie ich?", was schallendes Gelächter auslöst.

Wir sind der Mittelpunkt des Restaurants. Um 22.00 Uhr leert sich unser Nachbartisch. Wir beide haben inzwischen von Bier auf spanischen Kognak gewechselt. Ich habe davon mehr getrunken, als ich üblicherweise vertrage. Alex ist sehr unterhaltend. Er erzählt mir, dass er die Frauen vom Nebentisch bereits in Cebrairo gesehen hat. Es sind spanische Lady-Pilgrims on the Taxitrail: „For that you must know, Erik, every Pilgrim has, when they go on a pilgrimage, to wander 150km at its minimum, otherwise the Catholic Church will not forgive her sins in Santiago. So the Ladies come together in a hotel in a suitable distance to Santiago. They visit a celebration in a church, get the stamp in her credential card and go the next day by taxi to a village 20 km westward on the Camino. They do there the same as the day before, and so forth. In Santiago they receive the written document for sins forgiveness, including the sin of using taxi on the Camino. I think it's OK, Erik. The ladies are lucky and they have spared a lot of time and pains."

We drunk the last Cognac and Alex said good night with the words: It was nice with you Erik. Hope to see you in Santiago again. You are a good boy. What can you expect more in your live? I went in bed satisfied with a little bid too much alcohol.

Freitag, 27.09.2010: Petrouzo nach Santiago de Compostela

Nur noch 18 km bis zum Ziel. Mit der aufgehenden Sonne nehme ich mein Frühstück in Lavacolla ein. Mein Körper spürt die Nähe von Santiago. Er reagiert mit Lustlosigkeit. Ich überlege, ob ich den zwischen Lavacolla und Santiago liegenden Flughafen anlaufe und dort den Flughafen-Bus in die Stadt nehme. Ich verwerfe diese Alternative.

Mein Verstand sagt dem Körper: „Reiss Dich zusammen, Du Mistkerl, es sind nur noch 10 km!" Meine Seele wendet ein: „Zankt Euch nicht, seht zu, dass ihr in die Kathedrale kommt, ich brauche diese für meinen Frieden". Der Körper: „So ein Mist, schon wieder Kultur". Der Verstand sagt: „Halt die Klappe!"

Ich gehe durch die engen Gassen von Santiago, immer auf die Kathedrale zu. Durch die Rua de Franco gelange ich auf den Vorplatz zur Kathedrale. Genau um 12.00 Uhr habe ich mein Ziel erreicht. Die Glocken beginnen zu schlagen, als wollten sie mich begrüßen. Mich erfasst Ergriffenheit.

Ich setze mich auf eine der vielen Treppenstufen und lasse den Augenblick auf mich wirken. Ich habe Tränen in den Augen. Die ganze Spannung durch die Ereignisse der letzten Tage lösen sich, fallen von mir ab.

Ich falte die Stadtkarte auf, die ich in Petrouzo mitgenommen habe und beginne mich zu orientieren. Zunächst möchte ich wissen, wo ich heute Nacht schlafen werde. Ich habe das Bedürfnis zu duschen. Ich gehe nach Süden der Mittagssonne entgegen. Es geht durch die Stadt talwärts. Auf der gegenüberliegenden Seite kann ich den großen, etwas klobigen, im C-förmigen Grundriss errichteten Backsteinbau erkennen. „Seminario Menor" oder auch „Pilgrims Hotel". Die Rezeption hat noch geschlossen. Ich bringe meinen Rucksack in den Keller und schreibe in einem Aufenthaltsraum mein Tagebuch.

Andrang von Pilgern ist mäßig, Um 14.00 Uhr erhalte ich Zugang zu meinem Schlafraum. Ich habe keine Informationen, ob dies auch zu früherer Zeit ein Pilgerhotel gewesen ist. Jedenfalls stelle ich mir so die Schule der Eleven für eine Priesterausbildung vor. Das erste was mir einfällt ist das Wort karg. Der Schlafraum hat eine Höhe von ca. 3 m, der Boden der Flure ist schmucklos und blank mit schwarzen Standardfliesen belegt.

Es stehen dort zwölf Betten in zwei Reihen und jeweils dazwischen für seine persönlichen Sachen ein Blechschrank Ich schätze von diesen Räumen sind wohl ein halbes Duzend im Haus.

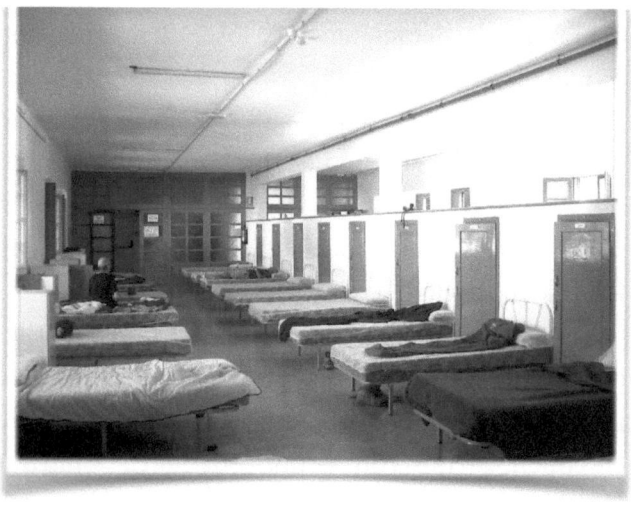

Alles ist peinlich sauber. Frauen und Männer schlafen getrennt. Die Gemeinschafts-Duschen haben nur ein Handrad. Das Wasser ist mehr kalt als lauwarm.

Nach dem Duschen schlafe ich erst eimal zwei Stunden. Ich ziehe ich mein kurzärmeliges, weisses Hemd und meine Jeans an. Dann gehe ich mit meinen Flip-Flops lässig und ohne Gepäck in das sommerlich warme Santiago.

Ich bin in den letzten Wochen selten so entspannt gewesen wie heute Nachmittag. Ich habe mein Ziel erreicht. Ich habe überlebt. Was jetzt noch kommt ist nur noch Nachlese. Ich bummele durch die Innenstadt. Ich komme in die Nähe der Kathedrale und sehe vor mir eine längere Schlange von Menschen. Neugierig suche ich nach der Ursache. Es ist das Büro der Jakobus- Gesellschaft. Die Peregrinis möchten es gerne schriftlich, dass ihnen nunmehr Ihre Sünden vergeben worden sind. Auch ich möchte es so. Also stelle ich mich ans Ende der Schlange.

Man braucht etwas Geduld, da sich die Schlange bis in das Obergeschoss des Gebäudes hineinzieht. Dort angekommen, erkenne ich vier Postschalter-ähnliche Arbeitsplätze. Die dort sitzenden jungen Frauen schauen einem in die Augen, wohl um die Wahrhaftigkeit der Anliegen zu prüfen. Dann kontrollieren sie die erforderliche Anzahl der Stempel auf meiner Credencial und kassieren zwei Euro für den Aufwand.

Danach erhalte ich die mit Siegel und lateinischen Vornamen versehenen „Compostella Capituli Beati Jacobi" mit kopierter Unterschrift des „Canonicus Deputatus pro Peregrinis". Gerne hätte ich es gehabt, wenn die Dame nicht nur meine Vornamen, sondern auch meinen Nachnamen ins lateinische übersetzt hätte. Dann stände in der Urkunde Ernestum Ericum Philosophus. Das hätte mir sehr gut gefallen. Leider widersprach das den Vorschriften.

Erleichtert und frei von Sünden gehe ich durch das Hauptportal in die Kathedrale von Santiago de Compostela. Dem Internet entnehme ich bei Wikipedia folgende Beschreibung:

Der Bau der Kathedrale begann im Jahre 1077 unter der Herrschaft von Alfons VI. über den Resten einer älteren Kirche aus dem 8. Jahrhundert. 1120 wurde sie zum Sitz des ersten Erzbischofs des Erzbistum Santiago de Compostela Diego Gelmírez. Heute ist nur noch das romanische Südportal (Puerta de las Platerías) in der ursprünglichen Gestalt erhalten.

Die zahlreichen Erweiterungen der Kathedrale führen mit dem barocken Westportal, der klassizistischen Nordfassade und den gotischen Kreuzgängen im Inneren, mehrere Baustile zusammen. Die Grundfläche wurde dabei von ehemals 8.200 m^2 auf 23.000 m^2 erweitert.

Betritt man den Dom vom Obradoiro-Platz aus über die doppelte Treppenanlage, begegnet man im Eingang des Westportals (Fachada del Obradoiro) als erstes einem der bedeutendsten Kunstschätze der Kathedrale: dem Pórtico de la Gloria. Das wurde vom Maestro Mateo und seiner Werkstatt bis 1188 geschaffen. Das mit Skulpturen ausgestattete Portal gilt als ein künstlerisches Meisterwerk.

Durchschreitet man das Pórtico fällt der Blick durch das insgesamt fast 100 m lange, 8,5 m breite und fast 20 m hohe Mittelschiff auf den gegenüberliegenden prächtigen Hauptaltar, der über dem Grab des Apostels errichtet wurde. Sie entsprach sowohl der barocken Lust nach Üppigkeit als auch der Notwendigkeit, den seit fast sechs Jahrhunderten seine Farbe verlierenden Pórtico de la Gloria vor den Unbilden der Witterung zu schützen.

Zu hohen Feiertagen oder auf Bestellung (wie ich gehört habe, gegen Zahlung von 120 €) wird der berühmte Botafumeiro durch das Querschiff geschwenkt. Es handelt sich dabei um ein etwa 1,60 m großes Weihrauchfass, das an einem etwa 30 m langen Seil von der Decke hängt und nach dem Hochamt von sechs Männern in Bewegung gesetzt und bis hoch unter die Decke geschwungen wird.

Außer seiner üblichen Funktion in der Liturgie diente der Botafumeiro dazu, den Geruch der Pilger zu neutralisieren, die nach ihrer Wallfahrt auf dem Jakobsweg eine ganze Nacht wachend und betend in der Kathedrale verbracht hatten. Im Jahre 1985 wurde die Altstadt von Santiago de Compostela, und damit auch die Kathedrale, zum UNESCO-Weltkulturerbe erklärt. Das Bild der Kathedrale

schmückt die kleinen Ein-Euro-Cent-Münzen aus Spanien.

Die Ausgestaltung empfinde ich als ausgesprochen üppig und überladen. Ich lobe mir die Schlichtheit norddeutscher Kirchenbauten. Wenn alles was in dieser Kathedrale golden oder silbern glänzt, Gold oder Silber ist, so müssen das Tonnengewichte sein.

Dann wäre zu fragen, woher kommt der Reichtum in den seit jeher armen Provinzen Galizien und Katalonien. Wieso konnte die katholische Kirche trotzdem solche Kathedralen von Weltbedeutung, wie in Santiago, Burgos und Leon bauen? Mein Weggefährte Carlos wüßte die Antwort: Aus den von den Spanier gestohlenen Reichtümern in den Kolonien Südamerikas.

Wenn es dann so ist, wo war im Mittelalter die von Jesus Christus geforderte Demut. Wo ist heute die Demut und das Bedauern der Kirche über Mord und Raub an den südamerikanischen Urvölkern? Wie kann es angehen, dass der Jacobus-Klerus seit Jahrhunderten Sünden im Namen Gottes vergibt.

Man lasse sich das Wort Ablasshandel im Munde zergehen. Die mir ausgehändigte Urkunde über die Sündenvergebung ist ein Abklatsch dieser Gesinnung. Ich bekomme meine Sünden für gut zwanzig Tage pilgern und zwei Euro Bearbeitungsgebühr vergeben.

Wieder treffe ich Alex beim Abendessen. Ich überschütte ihn mit meinem Groll. Erik, sagt er, wir können die Vergangenheit nur zur Kenntnis nehmen, niemand kann sie ändern. Es bleibt nur die Hoffnung, dass die Menschheit in Zukunft bescheidener und mitfühlender sein wird.

Im übrigen erinnerte er mich daran, dass Papst Johannes Paul II erstmals in der Geschichte (im Jahre 2000 nach der Geburt Jesus Christus) ein umfassendes „Mea culpa" (Ich bekenne…) im Namen der Katholischen Kirche aussprach. Er bat um Entschuldigung für Fehler und Sünden bei Glaubenskriegen, der Inquisition und für die Judenverfolgungen durch Christen.

Alex will sich mit einem Spanier treffen, mit dem er auch ein Zimmer in der Stadt teilt. So hat er wieder Gelegenheit sein Spanisch zu verbessern. Er erzählt mir, dass er noch weiter bis nach Fisterra am Oceano Atlantico weiter wandern will.

Wir trinken jetzt unseren wirklich letzten Cognac, versichern uns unsere gegenseitige Hochachtung und verabschieden uns in der Gewissheit, uns nie wieder zu sehen. Auf meine Mördergeschichte muß ich verzichten. Der Abschied versetzt mich wieder in eine wehmütige Stimmung.

Samstag, den 28. Sept. 2009: Von Santiago nach Hamburg

Ich schlafe erst einmal aus. Dusche das letzte mal, werfe fort, was ich sinnvollerweise nicht mehr benötige. Nehme ein kleines Frühstück ein und vervollständige mein Tagebuch. Der Flug über Mallorca startet erst am späten Nachmittag. Ich deponiere meinen Rucksack im Keller und vergewissere mich, ob dieser uneingeschränkt über den Tag zugänglich ist. Dann gehe ich in die Innenstadt, um noch einmal die Kathedrale zu betreten. Ich gehe zunächst über den Mercado de Abastos. Der Markt ist voll, es riecht nach Fisch, der dort viel und in unzähligen Arten angeboten wird. Das Gemüse und die Früchte kommen offensichtlich aus der Umgebung. Die Tomaten sehen äußerlich etwas bunt aus. Ich denke sie werden wohl so gut schmecken, wie die Tomaten bei der älteren Seniora auf dem Camino.

Ich betrete die Kathedrale über den Plaza do Obradoiro und setze mich in das Kirchengestühl und beobachte die Menschen. Mich beeindruckt die Andacht der vielen Besucher, ihr Kreuzschlagen und ihre Ernsthaftigkeit bei der Deutung von Reliefen, Statuen und Portalen. Ich sehe von den etwa acht Beichtstühlen, mindestens vier mit Gläubigen besetzt.

Vor mir sehe ich in der Mitte die silbern glänzende Statue des Heiligen Jacobus. Rund um die Statue sind eine große Anzahl von religiösen Kunstgegenständen in Silber und Gold angeordnet, deren Symbolik sich mir nicht offenbart. Ich finde sie nehmen der Figur des Heiligen Jacobus einen großen Teil seiner zentralen Bedeutung.

Man hat mir von der Sitte und dem Gebrauch berichtet, dieser Statue als Dank und als Zeichen der Beendigung der gelungenen Pilgerweges mit einer Hand am Rücken zu berühren. Dem will ich mich nicht entziehen.

Also suche ich den Eingang zum rückwärtigen Teil des Schreins. Tatsächlich finde ich ihn leicht, da auch andere Pilger die gleiche Absicht haben und sich vor der Zugangstür angestellt haben. Es geht nach der Tür eine etwa zehnstufige Treppe zur Statue hinauf. Einer nach dem anderen legt seine Hand auf den Rücken.

Es ist für mich nun alles getan, es verbleibt noch meine Rückreise nach Hamburg.

Ich hole meinen Rucksack aus Pilgrims-Hotel, ich gehe eine knappe halbe Stunde bis zur Estation Buses und fahre von dort mit einem Linienbus zum Flughafen der Stadt Santiago. In Mallorca angekommen, steige ich in die Maschine nach Hamburg. Die Reise nach Santiago ist beendet, es verbleibt die Erinnerung an eine denkwürdige Lebensepisode.

Kapitel VI

Auf der Spur der „Wölfe"

Die Begehung des Camino war für mich eine Herausforderung. Sie war anstrengend und eine Zumutung im Vergleich zu meiner heimatlichen Lebensweise. Sie war aber auch eine Bestätigung meiner Einschätzungen und eine besondere Lebenserfahrung, die ich nicht missen möchte. Trotzdem möchte ich die Begehung des Caminos niemanden empfehlen. Man muss den Camino selber begehen wollen.

Der Mord und der Mordversuch sind mir sehr nahegegangen, aber ähnlich wie die Polizei von Villafranca habe ich die Vorgänge in meiner Psyche und in meinem Alltag abgeschrieben. Auch für mich steht fest, auf mich wurde in beiden Fällen geschossen, aber nur deshalb, weil eine Verwechslung vorlag. Das Schicksal hat es gut mit mir gemeint.

Wer tatsächlich das Opfer sein sollte, weiss ich nicht. Es ist für mich gleichgültig. Ich habe dieses Desaster überlebt. Ich werde mit niemanden darüber reden mit Ausnahme von Luke. Er hat einen

Sohn verloren. Er hat mein Mitgefühl. Ich hoffe für ihn, daß sich sein Sohn Kenobi zwischenzeitlich wieder eingefunden hat.

In Hamburg hat mich der Alltag und meine Familie wieder. Ich überstehe eine deftige Erkältung. Ich bereite mich geistig auf den Besuch von Luke vor. Natürlich belastet mich das. Bei meinem Anruf berichtet mir Leia, dass Luke nur noch ein und machmal zwei Tage in der Firma sei. Sie gab mir seine Telefon-Nummer.

Es war sehr leicht, aus dem Tremolo seiner Stimme auf seinen schlechten Zustand zu schließen. Wir verabredeten uns in seiner Wohnung in der Dorotheenstr. Er war sichtlich gealtert. Wir tranken Tee. Er bat mich ihn zu duzen und fragte mich nach meinen Eindruck über den Camino.

Ich antwortete eine schöne Wanderung sei es nicht gewesen, ich habe viel gesehen und erlebt. Über den Tot seines Sohnes Anakin brauche ich ihm wohl nicht viel erzählen. Sicherlich habe Leia ihm wohl alles umfassend erzählt.

Ich erzählte ihm von dem zweiten Versuch des Täters bei Arzua mich zu töten und der Auffassung der Polizei, dass auch der erste Schuss bei Villafranca meiner Person galt. Die Tragödie ist offensichtlich auf eine Verwechselung zurückzuführen.

Ich bin froh alles überlebt zu haben. Es ist mir aber ein besonderes Anliegen ihm gegenüber mein

Mitgefühl über den Verlust seines Sohnes auszudrücken. Ich fragte ihn nach demVerbleib seines Sohnes Kenobi. Er habe nichts von ihm gehört. Die Polizei ist ratlos, sie habe nicht einmal einen Verdacht. Er denke er ist tot, aber die Hoffnung stirbt zuletzt.

Im übrigen glaube er nicht an Zufälle oder Verwechselungen. Es sei mehr als ein Fluch, wenn innerhalb von nur wenigen Jahren eine Familie durch unerklärbare Umstände ausgelöscht werde. Er gäbe auch für sein eigenes Leben keinen Pfifferling mehr. Er wisse, dass ich das nicht nachvollziehen könne, aber er habe seit einigen Tagen einen vagen Verdacht, aber eben keine Beweise. Er bat mich das nicht weiter zu hinterfragen. Mir schien er litt an Depressionen.

Ich fragte nach dem Geschäftsgang der Abatron. Es seien mehrere Arbeitsplätze weggefallen. Er habe Leia die Mitarbeit in der Geschäftsleitung und 20 % der Geschäftsanteile übertragen. Er sei sich bewußt, dass der Umsatz stagniere, obwohl die „Teatime-Story" nach wie vor gut laufe. Es fehlten aber Innovationen.

Wenn er einen Rat von mir annehmen wolle, würde ich ihm empfehlen zu verkaufen, bevor die Stagnation publik werde. Er habe das auch schon überlegt, doch was soll ich mit dem vielen Geld. Er brauche kein Geld. Geld sei für ihn immer nur zweckbezogen und wo ist der Zweck?

Ich antwortete in Hamburg sei es üblich, für diesen Fall eine Stiftung zu gründen. Ich verließ ihn nachdenklich. Er fragte mich, ob ich Ende des Monats bereit wäre, ihn noch einmal zu besuchen. Ich lehnte das ab und lud ihn stattdessen zu mir nach Hause ein.

Wir trafen uns nach drei Wochen bei mir in der Wohnung. Ich freute mich über einen schnellen Kontakt auch mit meiner Frau. Wir unterhielten uns über seine Haushaltsführung, mit der er nun schon Jahre nach dem Tot seiner Frau fertig werden müßte. Er könne sich daran immer noch nicht gewöhnen.

Da ich seinen Geburtsort kannte, sprach ich über unserem Urlaub in Böhmen vor zwei Jahren und unsere Begeisterung über das reiche Karlsbad an der Eger, das schöne Marienbad und die dortigen perfekten Golfanlagen. Dabei ist mir die bei Solokov, dem ehemaligen Falkenau, besonders in Erinnerung geblieben ist. Dort befand sich ein Golfplatz auf dem Gebiet einer naturalisierten, offenen Braunkohlen Grube.

Die ungewöhnliche Topografie gab dem Golfarchitekten Gelegenheit einen interessanten Golf-Platz zu gestalten. Die Wege zwischen den verschiedenen Löchern waren mit Grubenholz eingefasst, die Bäume auf dem Gelände waren fast ausschließlich genügsame Birken, zudem lagen große Felsbrocken links und rechts der Fairways.

Luke dämpfte meine unbekümmerte Sicht der Dinge, indem er kurz darlegte, dass er wohl in Böhmen geboren wurde, aber in der Nachkriegszeit als Sudetendeutscher in der damaligen Tschechoslowakei keine fröhliche Jugend gehabt hätte. Er sei auch nie wieder dort gewesen.

Als wir allein waren, wurde er gesprächiger. Er freute sich mir zu berichten, dass er sich entschlossen habe, Abatron zu verkaufen und bereits Allen & Overy den Auftrag erteilt habe mit zwei namhaften Interessenten zu verhandeln. Für ihn sei mein Vorschlag ein Befreiungsschlag für seien psychischen Zustand.

Zudem habe er die Rechtsanwälte gebeten, die Unterlagen für die Gründung einer Stiftung zusammenzustellen. Hinsichtlich der Stiftungsziele habe er noch keine festen Vorstellungen. Möglich sei für ihn die Begünstigung der deutschen Teile der international tätigen Umweltschutz-Organisationen.

Ich bestätigte ihm die Richtigkeit seiner Vorgehensweise und wagte einen weiteren Vorschlag. Er sollte sich doch seiner etwas einsamen und unwilligen Haushaltsführung entziehen und sich in eine Seniorenresidenz einmieten.

Meine Frau und ich würden es auch tun, wenn einer von uns nicht mehr da wäre. Es sei sehr freundlich von mir darüber nachzudenken entgegnete er, aber er sei dazu noch nicht bereit. Wir versicherten uns gegenseitig, weiterhin in Kontakt zu bleiben.

Drei Tage später wurde Luke von seinem Büro angerufen und ihm mitgeteilt, dass Leia von der Polizei verhaftet worden sei. Er selbst bekam eine Vorladung zum Kommissariat 14 , Hamburg-Mitte, dass ihm offenbarte, dass Leia wegen Mordverdacht in Untersuchungshaft genommen worden ist.

Er wurde detailliert nach den Umständen ihres Ablebens von seiner Frau Patme befragt: Hatte sie Schwindelanfälle? Wie war ihr Sprachverhalten? An welchem Tag, welche Uhrzeit wurde sie ohnmächtig?

Wer hat den Transport ins Krankenhaus veranlaßt? Warum das Allgemeine Krankenhaus Barmbek?

Wer war der behandelnde Arzt? Was wurde ihm als Ursache ihres Ablebens im Totenschein mitgeteilt? In welcher Form fand die Beerdigung statt und auf welchem Friedhof wurde die Bestattung vorgenommen?.

Luke händigte eine Kopie des Totenscheines aus, beantwortete die Fragen etwas konfus, da in seinem Verstand unendlich viele Fragen wie ein Schwarm von Kometen schwirrten. Letztlich fragte er, auf welcher Grundlage sie den Verdacht auf Mord durch Leia gründeten. Sie antworteten bedeckt, Ihnen seien Informationen zugespielt worden, die sie ausgewertet hätten. Die Leiche wurde exhumiert.

Sie baten Luke zu einer weiteren Vernehmung. Der Termin sei noch zu vereinbaren.

Diesen Ereignissen ging etwas voraus, was meine Person betraf. Mein Verstand ging nach wie vor, wie auch die spanische Polizei, von einer Verwechselung aus. Das war plausibel, wenn auch nicht bewiesen. Mein Verstand machte es sich einfach, um mein Gemüt zu beruhigen und sich anderen Dingen meines täglichen Lebens zuzuwenden.

Nicht so mein Geist und mein Unterbewusstsein. Ich litt seid meiner Rückkehr aus Spanien immer wieder unter Träumen, welche die Situationen des Mordes bei Villafranca und des Mordversuches bei Arzua wiedergaben. Die Wiedergabe der Träume war äußerst prägnant und vollständig. Ich konnte alles noch im Wachzustand nachvollziehen.

So sah ich einmal bei dem ersten Ereignis deutlich, dass Leia, als ich die Lichtung betrat, telefonierte. Ich sehe auch, dass ich, unmittelbar nach dem Schuss, mein auf dem Boden liegendes schwarzes Klapphandy spontan aufnahm und es in eine der vielen Innentaschen meiner Weste verstaute.

Nach längeren nächtlichen Nachdenken kam mir die Erkenntnis, dass dieses Handy möglicherweise gar nicht mein Handy war, sondern das von Leia. Ich stand auf suchte im Schrank mit der Sommerkleidung nach der Weste, die ich auf dem Camino getragen habe und fand dort tatsächlich noch das Handy. Bevor ich es anfasste, holte ich mir aus der Küche Gummihandschuhe, zog dann das Handy aus der Tasche und verstaute es in einer Frühstückstüte.

Es war tatsächlich schwarz wie meins und baugleich mit meinem Samsung-Klapphandy. Ich konnte nicht mehr schlafen und war schon zur frühen Morgenstunde im Kriminal-Kommissariat des Polizeireviers 38.

Ich erzählte dort ausführlich von den Ereignissen und meinen Erkenntnissen. Es wurde alles auf einem Tonträger aufgenommen. Ich musste meine Fingerabdrücke hinterlassen. Von nun an war ich Nebensache, ich wurde nicht einmal als Zeuge weiter vernommen, geschweige denn informiert.

Alles was ich erfuhr, erfuhr ich von Luke. Alles nahm offensichtlich seinen polizeilichen Gang. Die Akte wurde an das zuständige Kommissariat-Mitte weitergeleitet. Die haben das Handy an das Bundeskriminalamt BKA zum Auslesen übermittelt. In Zusammenarbeit mit dem Telefon-Provider wurde festgestellt, dass das Gerät mit einer nicht personalisierten „Prepaid-Cart" als Zweit-Handy betrieben wurde und die Fingerabdrücke, außer mit meinen, mit denen von Leia übereinstimmten.

Alle Gespräche der letzten 18 Monate wurden ausgewertet. Mir ist zwar nicht verständlich, wieso ein Provider bei den geltenden Bestimmungen über die Sicherung von Personen-Daten, diese für einen so langen Zeitraum gespeichert werden konnten. Alle Geschehnisse waren jedenfalls eindeutig den ausführlichen Gesprächen zu entnehmen, auch der Giftmord an Lukas Frau, Padme.

Luke berichtete mir, dass Leia in Prag ein Studium in Pharmakologie absolviert habe, um dann in Marburg ein Medizin-Studium zu beginnen. Sie schloss das Studium aus geldlichen Gründen nicht ab und bekam in Hamburg eine zeitlich begrenzte Stellung als Schwester im Krankenhaus für Allgemeinmedizin in Barmbek.

Die Pathologie ließ ihn, nach der Untersuchung der exhumierten Leiche wissen, das die Gift-Zusammenstellung äußerst raffiniert war und zudem auch ohne Geschmack gewesen sei. Sie wurde zeitlich gestreckt in mehreren Dosen verabreicht.

Der Nachweis sei sehr schwierig gewesen. Trotzdem musste sich das Krankenhaus wegen des fälschlich ausgestellten Totenscheines einer peinlichen Untersuchung stellen. Die Gifte hatte Leia über ihr Zweit-Handy bei einem ihrer Brüder in Prag bestellt, was letztlich ihren Mord bewies.

Es gab nur zwei Gesprächs-Teilnehmer auf Leias Handy, die ebenfalls anonyme Zweit-Handy's benutzten. Durch Auswertung der Gesprächsinhalte wurden Gregor und Michail Sateloff in Cheb aus Böhmen als diejenigen identifiziert, welche durch Schusswaffen-Gebrauch die Morde an Anakin und Kenobi, sowie den Mordversuch an meiner Person zu verantworten hatten. Luke bestätigte, dass dies die jüngeren Brüder von Leia Sateloff waren.

Der Anschlag auf mich bei Arzua war erfolgt, nachdem Leia feststellte, dass ich im Besitz ihres Zweit-Handys war und damit für sie eine potentielle Gefahr darstellte. Leia veranlaßte meine Beseitigung.

Sie wurde in Hamburg, Gregor und Michail in der Tschechei in Untersuchungshaft genommen. Die hamburger und die tschechische Kriminalpolizei waren hochzufrieden in der Kürze der Zeit drei Morde und einen Mordversuch aufzuklären zu können und den Staatsanwaltschaften übergeben zu haben. Für sie war das Mordmotiv die Geldgier der

Familie Sateloff. Nicht so für Luke. Für ihn war es Rache wegen einer Jahrzehnten alten Familienfehde:

Die Familien von Luke Lochnik und von Leia Sateloff waren direkte Nachbarn in der böhmischen Gemeinde Eger in Böhmen, die nach dem Krieg in Cheb umbenannt wurde. Beide Familien waren deutschstämmig und die von Luke zu dem jüdisch. Der Großvater von Leia hieß Roman Sateloff, er war Nazi und arbeitete während der deutschen Besatzung im 2. Weltkrieg als einziger Tscheche im Generalsrang bei der Gestapo.

Seine Frau, Leias Großmutter hieß Lore Sateloff. Sie war eine außergewöhnlich schöne und sensible Frau. Ihr einziger Sohn Marco, Leias Vater, war Witwer und zudem ein deutsch-tümelnder Mitläufer in Staatsdiensten, der sich als Denunziant für die Geheime Staatspolizei betätigte.

Luke's Vater, war Prof. Dr. David Lochnik, der vor dem 2. Weltkrieg an der Karls-Universität in Prag unterrichtete, ebenso wie sein Bruder Dr. Benjamin Lochnik, Sie gehörten zur geistigen Elite der Tscheslowakei.

David begann ein Verhältnis mit mit der älteren Lore Sateleloff, was ihrem Ehemann Roman nicht verborgen blieb. 1943 bis 1944 kam es zu Aufständen im Universitätsbereich, was Roman Sateloff den Vorwand gab, David Lochnik und seine eigene Frau Lore verhaften zu lassen.

David Lochnik wurde ohne Gerichtsverhandlung durch die deutsche Besatzungsmacht liquidiert. Es genügte schon der Verdacht der Mitwirkung an dem Aufstand und die Tatsache, dass er jüdische Vorfahren hatte. Lore Sateloff wurde freigelassen. Sie lebte seit dem getrennt von ihrem Ehemann.

David Lochniks Bruder Benjamin entzog sich als Kommunist nur deshalb der Verhaftung, indem er mit den Kindern Luke und seiner Schwester auf einem Bauernhof nahe der deutschen Grenze unter falschen Namen untertauchte.

Nach dem 2. Weltkrieg und Übernahme der Staatsgewalt durch die Sozialisten wechselten Roman und Marko Sateloff ihre Identität und zogen in einen unbekannten Ort. Lore Sateloff verblieb die Mutterstellung für Leia und ihre jüngeren Brüder. Es war kein gutes Verhältnis zwischen der Großmutter und den Kindern, insbesondere Leia verübelte ihr das Verhältnis mit David Lochnit.

David Lochniks Bruder Benjamin begann unmittelbar nach Kriegsende als Kommunist in der nun sozialistischen Tscheslowakei den Aufenthalt von Roman und Marko Sateloff zu recherchieren und fand die beiden in Pilsen. Er verhinderte durch Anzeige wegen Kriegsverbrechen deren geplante Flucht nach Deutschland. Der Prozess wurde örtlich und zeitlich mit den Slanski-Prozessen verhandelt.

Roman Sateloff wurde durch die erste sozialistische tschechisch-slowakische Regierung Gottwald zum Tode durch Erschießen und Marko zu 15 Jahren Haft verurteilt. Marko, Leias Vater, wurde dem KGB überstellt und in eins der stalinistischen Gulag-Lager nach Sibirien verschleppt, wo er nach 4 Jahren Zwangsarbeit in einer Erzgrube 1956 verstarb.

Trotz seiner kommunistischen Grundeinstellung beschloss Benjamin Lochnik sich und die Kinder Luke und Levra 1956 nach Bayern zu bringen, bevor die westliche Grenze endgültig und unüberwindbar geschlossen wurde.

Lore Sateloff versorgte die Kinder Leia und ihre Brüder in ihrem Haus in Eger bis zum 21. Geburtstag von Leia, um die Einweisung der Kinder in ein staatliches Heim zu vermeiden. Ihr Gram über den Tot ihres Geliebten, der Herzlosigkeit ihres Mannes, den Tot ihres Sohnes und die Ablehnung ihrer Enkelkinder führte sie in eine tiefe Depression, die sie dann in den Freitot führte.

Leia nahm ihre Stelle ein, verkaufte das Haus in Eger brachte die jüngeren Brüder durch die Schule, verschaffte Gregor eine Stelle bei der Polizei und Michail eine bei der Armee. Sie selbst studierte Pharmakologie in Prag. Sie war voller Wut und Rachsucht gegenüber der Familie Lochnik, die sie für den Untergang verantwortlich machte, ohne das Verhalten der eigenen Familie zu reflektieren.

Sie steigerte ihre Wut krankhaft und erklärte die Vernichtung der Familie Lochnik zu ihrem Lebensziel. Ihre beiden Brüder waren ihr hörig und von ihr abhängig. Sie schworen zusammen nicht eher Ruhe zu geben bis der letzte Lochnik seinen Tot gefunden hat. Dieses Verhalten war offensichtlich psychopathisch und glich einem „neurologischen Krebsgeschwür"

Dies war der wirkliche Ort und der wirkliche Zeitpunkt für die von mir beschriebene Wolfs-Allegorie. Nur war das Ziel des Wolfsrudels zweifellos nicht meine Person, sondern die Familie Lochnik. Das Wolfsrudel zog von Osten nach Westen.

Alles dies war für Dritte nicht erkennbar. Ärztliche Fachleute sprechen bei Lias Verhalten von einer Persönlichkeits-Spaltung. Leia war nämlich attraktiv, intelligent und freundlich. So hatte andrerseits ihr Verhaltensmuster den Charakter eines Leitwolfes, versteckt, geduldig, raffiniert, und langfristig angelegt.

Schon die Berufswahl ihrer Brüder und ihr eigenes Studium sollten dem Ziel dienlich sein. Nach Öffnung der Landesgrenzen 1992 nahm sie die Spur auf. Sie zog in die Bundesrepublik Deutschland studierte zunächst in Marburg, suchte und fand Luke schließlich in Hamburg. Sie brach ihr Studium ab und arbeitete zunächst mit einem Zeitvertrag als Krankenschwester im KH Barmbek. Sie observierte

Luke immer, wenn es ihre Arbeit zuließ. Sie bemerkte seine häufigen Besuche im Alsterhaus am Jungfernstieg.

Hier kam es zu dem ersten persönlichen Gespräch. Sie erzählte Luke von ihrem wegen Geldmangel abgebrochenen Medizin-Studium, zudem sei sie ab nächsten Monat ohne Arbeit, da der Vertrag mit dem Krankenhaus auslaufe. Luke bot ihr eine Stellung als Abteilungs-Assistentin in der Fa. Abatron-Corporation an. Das Verhängnis nahm seinen Lauf.

Kapitel VII

Was noch zu berichten wäre …

Ich dachte an die Kriminalpolizei in Villafranca. Ich war davon überzeugt, dass sie keinerlei Informationen von der tschechischen und der deutschen Polizei über die Ermittlungen erhalten bekommen hatte. Ich schuldete Camila noch ein Danke für eine besondere Hilfe.

Ich bat sie nach dem Vorfall in Arzua um eine Falschmeldung als Pressemitteilung. Ich bat sie, meinen Tot als deutschen Pilger, bekannt zu geben, um meinen Weg nach Santiago zusätzlich zu sichern. Sie lehnte das grob ab, mit dem Hinweis in Spanien gäbe es keine Falschmeldungen. Im übrigen sei so etwas genehmigungspflichtig durch ihren Vorgesetzten. Eine Zustimmung sei nicht zu erwarten.

Ich habe dann später erfahren, dass sie in eigener Verantwortung eine Pressemitteilung und zwar sowohl an die örtlich Presse als auch an die Deutsche Presseagentur herausgegeben hatte, noch bevor ich Arzua verließ. Ich schrieb ihr aus diesen Gründen einen sehr ausführlichen, persönlichen Brief.

Ich begann mit „Liebe Camila," und schilderte, dass ich wohlbehalten in Hamburg angekommen bin und ihre Pressemitteilungen sicherlich dazu beigetragen hat. Dafür bedankte ich mich herzlich. Ich beschrieb ihr ausführlich alle meine Erkenntnisse aus den Ermittlungen, soweit sie mir bekannt waren, da sie diese sicherlich nicht erhalten hätte. Ich beendete den Brief mit „Liebe Grüße auch an Sergio, Erik".

Ihren Kollege Sergio habe ich als einen sehr freundlichen Mann in Erinnerung, leider verstand und sprach er kein Deutsch. Anders Camila. Sie sprach leidlich gut deutsch, war aber ziemlich derb, engagiert und manchmal auch witzig, allerdings in der Regel auf meine Kosten. Ich glaube die Engländer sprechen in diesem Fall von einem „toughen" Weib. Ich fand sie aber trotzdem sympathisch. Ich wollte ihrer Grobheit Höflichkeit dagegensetzen.

Die Antwort kam in Wochenfrist. Tatsächlich begann er mit „Lieber Erik" und endete mit „Liebe Grüße auch von Sergio", ansonsten möchte ich den Briefinhalt hier nicht wörtlich wiedergeben. Aber er ist erwähnenswert.

Sie schrieb sinngemäß, ich solle mir nicht einbilden, sie hätte die Pressemeldung meinetwegen herausgegeben. Es sei ausschließlich zu ihrem eigenen Schutz gewesen, um Vorwürfe einer unterlassenen Hilfeleistung zu begegnen.

Über die Kollegen in Deutschland und der Tschechei schimpfte sie unflätig, da sie von den Ermittlungen tatsächlich nichts erfahren hatten. Wobei die Vokabeln hochnäsig, arrogant und faul nicht die Einzigen gewesen sind.

Die Aufklärung der Morde sei natürlich zu begrüßen, nur das hätte ich auch schon in Spanien haben können, wenn ich nicht so ein alter, seniler Mann gewesen wäre und ihr das Handy ausgehändigt hätte.

Sollte ich den Camino noch einmal begehen, bat sie mich, bei den „Provinz-Soldaten" von Villafranca ruhig einmal vorbeizuschauen.

Sie würde mich dann verhaften, wegen Unterschlagung von Beweismitteln in einem besonders schweren Fall einer kriminellen Vereinigung. Ihre Einschätzung für eine Strafe durch das Strafgericht in Leon liege bei 2 Jahren Gefängnis.

Ich sollte mich aber davon nicht abhalten lassen zu kommen. Ihre Schwester sei Rechtsanwältin, sie würde sich für mich verwenden und sicherlich Haftverschonung erreichen. Wir könnten dann in ihrem Garten grillen und uns über Gott, die Welt und den Camino unterhalten. Dies wäre dann der Beginn einer wunderbaren Freundschaft.

Sollte Haftverschonung nicht möglich sein, würde sie mich auch im Gefängnis besuchen, allein schon deshalb, um ihr Deutsch zu verbessern. Dies erschien mir doch alles sehr bedenklich. Ich beschränkte mich darauf, ihr jeweils zum Jahresende eine Weihnachtskarte zu schicken und ihr für das neue Jahr alles erdenklich Gute zu wünschen.

Leia wurde vom Strafgericht in Hamburg zu lebenslanger Haft verurteilt. Sie war uneingeschränkt geständig. Ihre beiden Brüder bekamen jeweils eine Gefängnisstrafe von 15 Jahren. Leias Geschäftsanteile an der Firma Abatron wollte und konnte ihr Luke nicht streitig machen.

Luke erzählte mir später, er hätte sich umgesehen und sich für die Mietung eines 2-Zimmerapartments in Poppenbüttel in der Parkresidenz der Dr.Greve-Gruppe entschieden. Er wäre dort schon eingezogen. Zudem hätte er dort einen Menschen getroffen mit vielen gegenseitigen Interessen. Sie sei eine emeritierte Professorin für Kunst und Philosophie. Das Zusammensein mit ihr ließe seine Depressionen weit gehend schwinden und würde ihm viele neue Einsichten öffnen.

Die Fa. Abatron wurde zwischenzeitlich verkauft. Der Käufer erwarb auch die Anteile von Leia. Die Stiftung war arbeitsfähig. Luke fragte mich, ob ich nicht die Arbeit des Vorsitzenden des Beirates übernehmen wolle. Ich lehnte aus Altersgründen ab.

Er bedauerte es, da er gerne etwas für mich tuen wollte. Wir vereinbarten, daß wir uns in angemessenen Abständen treffen, um über das zu reden was halt für uns von Interesse ist. Wir würden uns gegenseitig daran erinnern.

Etwa 1 1/2 Jahre nach der Verhaftung von Leia bekam ich von der Justizvollzugsanstalt Fuhlsbüttel, volkstümlich Santa Fu genannt, einen Brief, indem angefragt wurde, ob ich Leia einmal besuchen würde. Sie hätte darum gebeten. Ich bat um einen Termin, möglichst ohne Zeitbegrenzung.

Ich war zunächst ärgerlich, weil ein Wiedersehen meine eigene Vergangenheitsbewältigung stark beeinträchtigte. Alles was mein Verstand sorgfältig unterdrückte, wurde nun wieder gegenwärtig. Mein ganzes Unverständnis beherrschte wieder mein Denken. Ich wollte aber dem Gespräch nicht ausweichen, es würde letztlich dazu beitragen, das ganze Geschehen endgültig zu verarbeiten.

Das kleine Besucherzimmer war überraschend schlicht und doch freundlich. Es war in gestuften Grautönen gestrichen. in zwei der Raumecken standen gepflegte, größere Pflanz-Töpfe. Ein Vollzugsbeamter war sitzend zugegen. Wir sassen uns an einem quadratischen schwarzen Holztisch gegenüber und blickten uns abschätzend, schweigend in die Augen.

Es sei wohl an ihr nun etwas zu sagen. Sie wolle sich zunächst dafür entschuldigen, was sie mir als völlig Unbeteiligten angetan habe. Sie sei heute ein anderer Mensch. Mit ihrer Verhaftung sei aller Hass, den sie in sich getragen habe, abgefallen. Sie bedaure unendlich ihre kriminellen Taten. Ihr ganzes Verhalten in der Vergangenheit sei krank und psychisch irre gewesen. Sie begreife ihre Strafe als gerechtfertigte Sühne für ihre Taten. Ich antwortete, dass ich ihr nichts nachtrage.

Sie habe ein Problem bei dem ich ihr möglicherweise helfen könnte. Sie habe durch den Verkauf ihres Abatron-Anteils eine größeres Geldsumme bei der HSH-Nordbank liegen. Sie wolle ein Drittel der Summe auf ihre beiden Brüder und ein Drittel an ihre Nichten und Neffen übertragen. Den Rest möchte sie sich für die Unwägbarkeiten ihres eigenen Lebens vorbehalten.

Sie wisse nicht, wie sie ihre Absicht in der Haft bewerkstelligen könne. Ich schlug ihr vor, ein tschechisches Notariat aus Prag als Betreuer zu beauftragen. Ich würde mich beim tschechischen Konsulat in Hamburg um eine Vermittlung bemühen. Darauf könne sie sich verlassen. Sie bedankte sich sichtlich erleichtert.

Beim verabschieden fragte sie mich: „Wie geht es Luke". Ich antwortete: „Gut, den Umständen entsprechend. Ich sehe ihn mäßig, aber regelmäßig. Ich würde ihm von unserem Treffen nichts erzählen, um keine Wunden aufzureißen".

Sie sagte: "Das verstehe ich. Aber ich sollte wissen, dass der leidgeprüfte Luke im Mittelpunkt ihrer Gebete stehe. Luke ist ein guter Mensch. Die Verantwortung für den Tot seiner Frau und seiner Söhne belastet mich unermesslich. Es ist unverzeihlich, was ich ihm angetan habe. Ich hoffe, auf die Vergebung durch Gott."

Ich bot ihr an, sie in der weiteren Zukunft wieder einmal zu besuchen. Ich würde mir einen Termin zum gleichen Tag in zwei Jahren in meinen Kalender eintragen. Der Vollzugsbeamte der mich hinausführte, bat mich ihn zur Gefängnisleitung zu begleiten.

Es war offensichtlich die Leiterin der Frauenabteilung. Sie war sehr freundlich. Sie sagte: „Sie möchte keine Einzelheiten meines Gespräches mit Leia erfahren. Sie interessiere sich als Psychologin nur für meine Einschätzung der Persönlichkeit. Aber auch diese Frage müßte ich nicht zwingend beantworten".

Ich sagte: „Wäre ich Leia in einer zivilen, weiblichen Kleidung begegnet, ich hätte sie eher für eine Nonne, denn für eine Mörderin gehalten. Die Gedanken sind frei, wer kann sie erraten. Was in ihr tatsächlich vorgehe, weiß niemand. Ich persönlich glaube an ihre Wandlung zum Guten."

Sie schien mit meiner Antwort zufrieden. Ich bat sie ein mitgebrachtes Buch über Yoga- und Meditationsübungen an Leia weiterzuleiten, weil ich meinte, es würde ihr die Haft erleichtern. Es enthielt eine entsprechende, von mir handschriftlich eingetragene Widmung.

So, das war es, was ich noch berichten wollte …

Epilog

Die Dramatik um die Familien Lochnit und Sateloff wirkten auf mich nur noch, wie ein vor zwei Monaten spannend gelesenen Kriminalroman. Die gedanklichen Spiralen des Erlebten verschmelzten zu einer blassen Erhebung im Brachland meiner Erinnerungen.

Das Erlebte berührte mich nicht mehr. Mein Ruhestandsleben hatte wieder seinen geregelten, bescheidenen Ablauf. Aber ich begann nun ein neues persönliches Projekt, nämlich die Beschreibung der erlebten Ereignisse und die Veröffentlichung dieses Buches.

Ich betrachte nun die Welt täglich wieder durch das gleiche Fenster, zwar immer etwas nachdenklich, empfinde aber, wie befriedigend es doch zu Hause ist. Im Übrigen erfreue ich mich über jeden gelungenen Drive auf dem Golfplatz. Damit meine ich, wenn der Golfball nach dem Abschlag mit dem richtigen Steigungswinkel, in der beabsichtigten Richtung, möglichst weit auf dem Fairway landet.

Gelegentlich in klaren Nächten fokussiere ich gemeinsam mit einem Nachbarn durch sein Fernrohr einen günstig am Himmel sich zeigenden Planeten. Nebenbei betrachte ich dann das sich über mich das erstreckende Firmament. Dabei bemesse dann meine eigene Wichtigkeit. Ich danke der Schöpfung, sie hat es gut mit mir gemeint. Das Erlebte gibt mir Zuversicht und Gelassenheit für alles das, was vor mir liegt.

Post Scriptum

Ich möchte, für alle die es sich nicht glauben wollen, an dieser Stelle die Vorlage des schriftlichen Nachweises der Vergebung meiner Sünden im Namen des Heiligen Jakobus anfügen: